ちくま文庫

新版 慶州は母の呼び声

わが原郷

森崎和江

筑摩書房

慶州は母の呼び声——わが原郷——

目次

満洲国(1932年成立)
ソ連
咸鏡北道
咸鏡南道
平安北道
日本海
平安南道
平壌
黄海道
江原道
京畿道
京城
漢江
黄海
忠清北道
秋風嶺
忠清南道
慶尚北道
金泉
大邱
慶州
全羅北道
三浪津
慶尚南道
洛東江
東莱
釜山
光州
全羅南道
対馬
珍島
下関
福岡
済州島

(1930年代)

序章

十五年ほど以前に、わたしは次の文章を書いた。

朝鮮について語ることは重たい。私は植民地であった頃の朝鮮慶尚北道大邱《たいきゅう》府三笠町で生まれた。生後十七年間、朝鮮で暮らした。大邱。慶州。金泉。私の原型は朝鮮によってつくられた。朝鮮のこころ、朝鮮の風物風習、朝鮮の自然によって。私がものごころついた時、道に小石がころがっているように朝鮮人の暮らしが一面にあった。それは小石がその存在を人に問われようと問われまいと、そこにあるようなぐあいにあった。そしてまた、小石が人びとの感覚に何らかの影響をおよぼしているようなぐあいに、私にかかわった。

いや、そうではないのである。そのようなかかわり方にとどまっていたならば、加害者・被害者の単純な対応図がえがけるだけである。

私は朝鮮で日本人であった。内地人とよばれる部類であった。がしかし、私は内地知らずの内地人である。内地人が植民地で生んだ女の子である。その私が何に育ったのか、私は何になったのか。私は植民地で何であったか、また敗戦後の母国というところで私は何であったか。(いや、何であろうと骨身をけずったか。私は、ここで、このくにで、生まれながらの何かであるという自然さを主観的に持っていなかった。私は何ものかであろうと、自分の力で出来るかぎりの生き方をした。まるで失った何かを奪い返そうとするかのように)

私は顔がなかった。

がしかし、私の顔なしは、内地的基準にしたがっての話である。

私には、私にさわることが可能な私の顔がある。それは朝鮮(そして植民地朝鮮)によって作られたものだ。私は自分の顔にさわると、その鋳型となった朝鮮のこころに外からふれている思いがする。外からさわりうるだけである。

私の朝鮮への思いは、私の鋳型となったものの実体についての恋しさに似ている。知りたくてならぬ。作られた存在が、作った手につながるものの本体をなつかしむ時、私は絶望的になってしまう。私は知るすべを作ることから始めるほかない。

敗戦後二十数年、私は私の鋳型である朝鮮を思うたびに、くだらなくも泣き続けた。この断章も泣き泣き書いている阿呆らしさである。どうしようもない。涙から脱出するため、私は長いあいだ、日録をつけて来た。私の生誕以来の年月日と重ねあわせて朝鮮の事件、出版物、ことわざ、民謡、生活法などを書いていくのである。私の生誕と成育とに重なっているオモニのこころに追いすがろうと、夢まぼろしを追うのである。個体の歴史が外界に対して感動し反応し出す頃、つまり三、四歳の頃にもっとも強く記憶しているのは何だろう。などと、私は、あたかも歴史の小道を踏み返すかのように暗雲の中へ入って行く。繰り返し、繰り返し、そうして来た。しかもなお、私には、私個人の歴史はさておいて、頭に描くことが出来るアジア史・世界史の方が鮮明なのである。また、朝鮮の民衆が辿った植民地闘争の書物上の歴史の方が、明確なのである。

それでいいのか、私は。そんなことで逃げを打とうとするのか、十七年間もあそこを食って。オモニ！　といううめきが腸から裂け出る。ごめんなさい、などではないのである。

オモニとはおかあさんということばである。オモニの生活を知らず、そのことばも知らず、しかもその香りを知り、肌ざわりを知り、負ってもらっては髪の毛を唇につけ、やきいもを買ってもらい、眠らせてもらった。昔話をしてもらった。私の基本的な美感を、私は、私のオモニやたくさんの無名の人びとからもらった。だまってくれたのでない。意識して植民二世を育てたのである。ようやく今頃わかる。オモニたちの名前すら、私はもう記憶していない。たった一人、六十代になっている人の居どころがわかり、その息子さんから朝鮮文字の手紙をもらった。半日かかってハングル(朝鮮固有の文字)の返事を書いた。

わたしは自分の植民地体験を客観しておきたくて、長い年月のあと、ようやく文章にしたのは、わたし自身のことではなく、わたしと対照的な人生と思えるからゆきさんのことであった。わたしと同じようにアジアの他民族に接しつつ日常的に他を侵した、いたいけな植民者をみつめることは、わたしには自分を背後から突き刺すような思いだった。そのことでわたしは、ただの日本人になりたかったのだ。

が、残影は消えないのだろう、ここに、重いペンを取り、同じように無名の、けれどもはるかに罪深い市井人の日々を記すことにする。わたしが生まれた大邱は今日の韓国の、慶尚北道大邱《テグ》市である。町名の三笠町というのは植民者である日本人が名付けたのだと思う。旧市街の中の日本人住宅地の一角であり、わたしはここに産院をひらいていた日本人医師の産室で助産婦によってとりあげられた。

三笠町という町名が生まれ、消え去ったように、他民族を侵しつつ暮らした日本人町は、いや、わたしの過ぎし日の町は今は地上にない。

第一章　天の川

（一）

父のゆかたの袖の中で煙草の箱がかさかさと音をたてた。

夕方の気ぜわしい母のそばから、わたしは戸外に連れ出されていたのだろうが、父と童謡を歌いながら歩いていた。四、五歳であったろう、地平線まで空だった。かすかに山が見えた。

「ずっと向こうに川があるよ」

畠にはいつかの散歩の時に見た鍬《くわ》を持った人もいない。

父が煙草を吸った。

「そろそろ引き返そうか」

「川は？」

「おうちでおかあちゃんが待ってるよ」

今来たこの道帰りゃんせ、帰りゃんせ、と、わたしは父にあわせて歌った。

落日に向かって歩く。

空は黄金に染まり、屋根屋根が黒く見えた。

それから幾日たっていたのか、幾月か、母も一緒に散歩に出た。母は、わたしより三つ年下の妹を抱いていた。

畠の道に出た。父母が話しつつ歩くのでわたしは先になり後になりした。家の窓から見えたちいさな小屋が消えていた。小屋は誰かの家の塀に倒れかかるようにくっついていた。小屋は時々出来ては消えるようだ。

「外で遊んではだめよ。知らない人に連れて行かれるよ」

あれ何？　とたずねた時に母がそう答えたまま、説明してくれなかった小屋だ。その時、家の中に朝陽が射し、海苔の香がしていた。どこかへ行く時は母と一緒だが、母はあまり遠くへは行かない。父と連れだって散歩をすれば、見知らぬ所へ行くのでどきどきする。

わたしは元気よく歌った。おうちがだんだん遠くなる、遠くなる、と。一人で行けば人さらいにさらわれてしまう所へ、わたしはもう入っているのかも知れなかった。

そろそろ帰ろう、と父は言わないから、父母をふりかえっては、すこし先を歩く。

畠の道は土手に続いていた。

「あの先が大邱川《たいきゆう》ですか」

立ちどまって待っているわたしの方を見ながら母が言った。

「朝鮮人は新川と言ってる。大邱川とは言わないようだ」

「この上にあがっていい？」

わたしはたずねた。

「いいよ」

わたしは草の坂道を登った。

はるばると小石の原っぱだった。

「早くおいで！　天の川よ！」

父が登って来た。

「ね、天の川」

「川原って言うんだよ」

母も川土手に立った。

「あらまあ、石ばかりなんですね」

「今年は降らないからね」

「でも、ほら光っていますよ。和ちゃんよく見てごらん、あっちのほうに大きな石があるでしょ、その下、ほら、光っているでしょ、川よ。川のお水よ」

「洛東江の上流になるんだよ、新川は。三浪津《さんろうしん》のあたりで汽車から見えただろ、大きな川。あの洛東江だ」

「帆かけ舟がいくつも動いていたあの大きな川ですか」

「そうだ」

「その上流なのに、こんなにお水すくないのかしら」

「今年は特別だよ、冬はスケートをするもの、この川で」

川原の石はしろじろとしていた。夕闇が這っていた。

「おとうちゃん、雨が降ったら七夕さまが会えなくなるね」

「そうだね」

「川の向こうは朝鮮人の村かしら、畠のようですね」と母。

「この川はよく洪水を起こすそうだ。今年は水不足だな、これでは」

「お祭りかしら、何かしてますよ、ほら、ほらほら」

かすかな音が聞こえて来た。歌声だった。白いのぼりが家々のあいだから人にかつがれてあらわれた。そこに丸い藁屋根の家が集まっているのにやっと気づいた。

「おかあちゃん、踊りよ、踊っているよ。見えた？

おとうちゃん、踊ってる」

「ほんとだ、たのしそうだね」

人びとの白い服が浮き上がる。ぞろぞろ出てくる。くるりくるりと踊りながら行列になった。子どもたちがまわりを走っている。行列は畠の中に入って行った。両手をひろげて、軽く跳ねながら。

川の向こうの一面のひろがりの中に、ちいさな人かげが細い行列になって畠を踊って行くのである。

「みんなお酒を飲んでいるようね、大きな声。オモニも踊ってるのね」

「おかあちゃん、一番前の人、先生よ。みんな真似してるもの。太鼓叩いてる人よ」

その人はくるりと跳ねては行列の方を向いて胸にさげている太鼓を叩いた。長細くて体より大きい太鼓。その人が歌った。

「ジーンチ、ナーレー」

みんなも一緒に続いて歌った。

「ジーンチ、ナーレー」

歌声はゆるく長く、さえぎるものもない川原を渡ってくる。

「チョッタ、チョッタ！」

「チョッタ、チョッタ！」

くるりくるりと勝手に舞いながら行列は乱れることがない。夕暮れが深くなる。歌声が大きくなる。

父の袂をつかんだ。

「お祈りしながら踊ってるんだよ。お米がよく出来ますようにって。お米がよく出来ないと和江もご飯が食べられないよ」

わたしは人さらいにさらわれる広い畠の、その向こうが、夕空に続く川原であり歌い踊る人びとの村であったことに心満たされた。

「内地でも村祭りがあるよ」

父に抱かれて土手を降りた。歌声は一層大きくなって、暗くなった空から跳ね返って来る。帰って行く道は細い農道だった。いつか近所の人びとが、人さらいに肝《きも》を取られて女の子が死んでいる、と、走って遠くへ行ったのはこのあたりか。朝鮮人の女の子が生き肝《いぎも》を取られた、と、話しているのを聞いたのだ。母が、

「大邱川の方へ行ってはだめよ。さらわれてしまうのよ。麦畠の中に入ったら誰にも

見つからないのよ。わかった？　ご返事は」

と言った。

「わかった。遠くへ行かない」

「そうね、お利口さん。おうちのまわりで遊ぶのよ」

暗くなったその畠を過ぎて、家の近くで父から降ろされた。わたしは聞こえてくるかすかな歌声に合わせて踊った。

「ジーンチナーレー、チョッタチョッタ」

それはゆっくりした調子なので、歩きながら踊ることはできなかった。走って行って父母の先で立ち止まり、歌に合わせて踊った。

その後、父と一緒に別の方角へ散歩に行った時に、また踊っている人びとに会った。家にいても、歌声は夕風に乗ってしばしば流れて来た。

わたしの記憶にある当時の家は、大邱府の南の郊外にある日本人住宅地で、バス道路からすこし奥まっていた。門柱は黒っぽい木の柱だった。塀の内側にほおずきが色づいた。庭に矢車草が咲いた。

もっと幼い日のことと思う、誰かにねんねこで負われて橋のたもとでやきいも屋のかまを見下ろしていた記憶がある。買ってとも言えずに見たかまの中は、茶色の小砂利がいっぱい敷いてあった。小砂利の上にいもがころがっていた。静かで寒かった。

その橋がバス通りにある大邱中学校の手前の橋だと、父と散歩をする年頃には知っていた。が、その橋を渡って先へ行ったことはない。ちいさな石橋で、バスは町の中から走って来て中学校の正門前をすぎ、中学に続いている八十連隊の兵営の前を通りぬけ、もっと遠くの、山の麓まで行っているらしい。が、バスの行方は知らない。朝は八十連隊の営所から起床ラッパが風のまにまに住宅地までとどいた。

ラッパの調子にあわせて子どもたちが歌った。

起きろよ起きろ　みな起きろ

起きないと隊長さんに　叱られるゥ

消灯ラッパも聞こえる。子どもたちはその真似もした。

新兵さんはかわいそうだねェ

なぐられて泣くんだよゥ

ラッパの音は、強弱高低があり、子どもたちが真似するように聞こえた。聞こえはするがラッパを吹く兵隊を見たことはない。春先に軍旗祭があって満員バスが八十連隊へ客を運んだが、わたしは行かないので兵舎を見たことがなかった。時折バス通りを四、五人の兵隊が馬に乗って通った。中学校の五年生も五、六人で馬に乗って通って行った。わたしには兵隊と中学生とがまだ見分けられなかった。当時は小学校六年までが義務教育で、中学校への進学者は多いとはいえず、その中学も五年制で生徒たちは大人びていた。

八十連隊のある町。りんご園のある町。大邱はそのように言われていた。わたしの誕生は昭和二（一九二七）年のこと。昭和の子どもという童謡のレコードを、小学校入学前に買ってもらった。「昭和の子どもよ、ぼくたちは……行こうよ、行こう、足並みそろえ、タラララ……」というようなものだったが、やはりその頃の童謡の中に、スクラム組んで、ということばがあって、「スクラムって何？」と父にたずねた記憶がある。昭和の子どもは生まれながらにがっちりと肩組んで、軍隊ふうに行進していくというイメージが誕生とともにあったのだ。男の子たちは大きくなったら軍人になると答えた。それは、昨今の子が大人になったら煙草を吸うと思っているのと同じような、ごく自然な発想だった。わたしも、軍人や連隊は人の暮らしがあるかぎりあるものだと思っていた。

それでも、なぜか連隊はこわかった。見たこともない八十連隊がなぜこわい。新兵さんはかわいそうだねェ、なぐられて泣くんだよゥ、と歌う男の子たちのせいか。それとも、それが遠い所にあるからか。

連隊の方は人家もまれだと聞いていた。生活の中にこわい所がある感じを幼児は誰もが持つのだろう。未見のくらがりである。わたしは父も母も若く、近所の日本人もみな働き盛りの中にいたから、老人や死者を知らずにいた。死者たちが残した悲しみの跡のない暮らし。それは昨今の日本の新興住宅地に似ている。が、新興住宅地には倒された木立への誰かの追憶がある。削られた山への共通の感情がある。が、植民地には日本人の、共通感情が山河にきざまれてはいない。わたしは遥かな昔から、この世は日本人と朝鮮人とがまじりあって住んでいたのだと思っていた。その中にはなんとなくおそろしい兵営と、生き肝取りがひそんでいる畠とがある、と思ったわけだが、自分が暮らしている大地が、ほんとうは朝鮮人のもので、血を流しているのだとは考えもしなかった。死者たちはみな内地にいた。大邱川は朝鮮人が歌い踊る天の川となった。天の神さまが通う川のように思えた。八十連隊の向こうに緑に見えている山のあたりから、朝鮮人のおじいさんがゆったりと歩いてくる。白い上衣のチョゴリに白いズボンのパジを着て。オモニも野菜を売りに来る。

「オルマ？」

母がたずねる。

いくらですか、ということばより、オルマ？　という問いかけを先に覚えたのかもしれぬ。

縁側で白い紙にわたしは片仮名を書いた。

畳に坐って何かしている母が手を動かしながら、

「ヤグルマソウって書けたの？　それではこんどは、コンビネーションって書いてごらん」

と言った。

妹の姿はなかった。誰かに抱かれていたか眠っていたのか、午前中の庭がひんやりしていた。母のけはいがどこか身重な感じなのは、その年弟が生まれたのか。その頃の記憶に駈けまわっているわたしはいない。味噌汁の実の、あさりかしじみ貝なのか、その貝殻に魅せられて殻を集めて宝物にした。宝物をひとつふたつ近所の女の子にわけてあげた。

バス通りを、ほんの数分、町の方へ行った所にシナ料理の店があった。シナうどんもおいしいけれど、シナまんじゅうは三角でわたしの顔くらいの大きさで、まん中に三角の隙間が開いて、たっぷりした粒あんだとか肉のつめものだとかがのぞいていた。いつか、この店でシナ人のおじさんがうどんを打つのを見た。それ以来、時々店の前まで遊びに行くようになった。遊び遊びうどん打ちが始まるのを待っている。

シナ人のおじさんが二人いた。

一人が大人のお腹ほどの黄色っぽい団子を、台の上にどしんと置くと、わたしは窓の下へ寄って行き、枠につかまって伸びあがって眺める。長い長い棒で四方八方へ団子を伸ばす。薄く広く、台いっぱいになる。おじさんは背伸びしてその上に刷毛《はけ》で何かを塗る。のちになって、あれはごま油らしいと思うようになった。それを折り畳む。また伸ばす。刷毛を動かす。同じことを繰り返すこと幾度か。長細く畳んだそれを、おじさんは両手で持つと、ばしっ、と板に打ちつけた。ばしっ、ばしっ。力いっぱい台を打つ。おじさんの指のあいだから、長くて丸い管のようなうどんが、はらはらとあらわれ、まことに夢のようだった。

わたしはほうっと息を吐く。おじさんは粉をまぶし、高く持ち上げると、湯気が立つ大鍋にそれを輪を描くようにいれた。長い箸でかきまわした。

「金もらっておいで」

見とれているわたしはびくっとして、われに返った。

「おかあちゃん、シナうどんのおじちゃんがお金もらっておいでっておっしゃった」

走って帰って息を切らして言った。

母とうどんを食べに行った時、シナ人は椅子に腰かけていた。

わたしたちがシナと言っていたのは、今日の中国で当時の中華民国である。シナという呼び名しか知らずに育った。その人びとは身近だった。シナ人のおばさんは纏足《てんそく》をしていた。ちいさな布靴で泳ぐように歩く。わたしの足よりもちいさい。痛いだろうとかわいそうでじっと見ることが出来ない。それでもおばさんはシナ服の長いドレスを着て、バス通りをよちよちと歩いた。

シナ人はほかにもいた。丸い帽子をかぶって自転車で通った。町にはコックさんもいた。正月のおせち料理にあきた頃、シナ人のコックさんが来て台所で鯉の姿揚げだとか、酢豚や八宝菜だとかいろいろ作って客を招いた。シナ料理はとろりとしておいしいので、家族の夕食にも母が時々作った。

シナ人の男の人には細く編んだ髪の毛を垂らしている人がいた。子どもたちは歌った。

ニイヤア　マアニャア　チョッピイヤ

高い高い三十銭

わたしは母からレコードを買ってもらった。「シナ人飴屋のじいさんは、おどけた帽子に赤い靴。パアパアパアリヤ、パアリヤパ」

シナ人飴屋のじいさんは海を渡って来ているように思った。コックさんたちも。それはどこかキューピーさんにも似通っている。キューピーさんの童謡は、「ピーちゃんおくには海の向こう、ドンチャップ、ドンチャップ、キューピーちゃん」と歌う。キューピーさんはセルロイドの人形だが、パアリヤパのじいさんと同じように海を渡って来ている。

シナ料理店からもうしばらく町のほうへ行くと、家々の中に緑のペンキのとがった屋根の家があった。よろい戸の窓のペンキは剝げかかっていたが、ここにロシア人の夫婦は住んでいるのだと思っていた。ロシア人は革命に追われてシベリアから来ている。背が高くて茶色い髪が波打っていた。女の人は色が白くて美しい。夫婦でバス通りをぶらぶら歩く。ロシア人の少年もいた。

わたしが通う日曜学校の先生も西洋人だった。目が青い大きな男の先生で、黒い袋のような服を着て、クリスマスの劇を教えてくれた。その日が近くなってわたしは風邪をひいた。洋服も作ってもらっていたのに、行けそうになくなった。涙をこぼすわたしを、胸にエキホスの湿布をし、新しい服を着せ、母のショールでくるくると巻いて父が教会に抱いて行ってくれた。大勢の人が赤い灯の下でお祈りをした。わたしは抱かれてその中にまじり、咳をした。西洋人の神父さまが柔らかなうちわのような手をわたしの頭にのせ、プレゼントを渡してくれた。

シナ人もロシア人も西洋人も海を渡って来て朝鮮人や日本人と一緒にここで暮らしているのだと思っていた。ことばはみないろいろで、知らないことばを使う人がいるのは、花が幾種類も一緒に咲くように、自然なことだと受けとめていた。そういう暮らししか知らなかった。ロシア人がしゃべりながら通って行くのをめずらしいとも思わなかった。

めったに繁華街に行かない。

いつか母に連れられて町に行き、帰りのバスの中で外を見ていたわたしは、窓に向かったまま母に問うた。

「カ・フ・エってなあに」

返事がなかった。

ふりかえると車内のわずかな客がこちらを見ていた。母がうつむいている。

「おかあちゃん、カフエって書いてあったのよ。なあに」

「あのね、こっち向いてお靴履きなさい」

頰を染めている母はその時二十五、六だった。カフェのこともよく知らなかったろう。カフェ、キャバレ、サロンなどの看板がかかる所があり、割烹《かっぽう》店もすくなくないことを、わたしはのちに知った。

繁華街を通りぬけ、三笠町を過ぎ、わたしの記憶のはじまりである大鳳町まで、府営バスはのんびり走った。途中で乗って来た朝鮮人のオモニが、わたしの前まで来ると、「アイゴ！」と言って立ちどまった。朝鮮語で何か言って、ゆれるバスの中でわたしの頭を撫で、白いふわりとしたチマをたぐり上げた。裾まであるチマの中から白い中ばきがあらわれた。アブジのパジに似ていた。わたしは朝鮮人の子どもたちのように、そのおかあさんのことをオモニ、おとうさんのことをアブジと言う。目の前で中ばきを見た。たっぷりした袋の形で、膝のあたりから分かれて足首をくっている。オモニは中ばきの下腹部に色鮮やかな縞柄の小袋をぶらさげていた。赤・黄・緑・ピンクなどの細い縞の小袋は、房のついた紐で結んである。おかしな所におさいふをぶらさげているのだなと思った。

オモニはその巾着から小銭をとり出してわたしの頭を撫でながら、手に握らせようとした。お金を持ったことのないわたしは母にすり寄った。

「チョッソよ。オモニ、チョッソよ」

母が赤くなって辞退する。オモニがしきりに朝鮮語で何か言った。チマを元に戻す時、ぱさぱさと乾いた音がした。オモニは髪をまん中から分けて襟足でちいさなまげに結っていた。母と一緒にオモニにおじぎをしてバスを降りた。

バスは埃（ほこり）を上げつつ八十連隊の方へ走り去った。わたしはオモニの家は前山の麓なのだろうと思った。南に見える山を前山とわたしたちは言っていた。それは日本人がつけた通称である。大邱府は慶尚北道の道庁の所在地で、現在の韓国の都市大邱《テグ》である。すでにその山も新川をも越えて近代的市街がひろがっている大邱だ。

明治四十三（一九一〇）年八月の日韓併合条約調印によって、韓国の統治権を完全かつ永久に日本に譲渡することなどを定め、京城に総督府を置いて植民地統治が始まったが、大邱は旧大邱城内を府とし、大邱府庁を置いた。また慶尚北道の道庁も置かれて、日本の統治は地元にこまかに及んだのである。

朝鮮は併合直前の李氏の統治時代に、国号を韓国とし、国内は慶尚北道・慶尚南道・忠清北道・忠清南道というように十三道に分けられていた。大邱はその頃からの三大市場の一つであり、京城・平壌とともに商業の中心地であった。日本人も集まりやすかったにちがいない。町には大きな市《いち》が立ち、西門市場といった。朝鮮人参をはじめとする薬草の市は伝統的なもので、清国や、江戸時代の日本とも対馬藩を経て交易した。植民地時代にも西門市場はにぎわった。

が、入植した日本人は市場で交易することなく市街地を作り、またたくまに城壁も取りはらわれて新市街がひろがった。神社も建てられた。寺も出来た。第八十歩兵連隊、憲兵隊が置かれた。道庁のほかに、隣接する達城郡の郡庁も設置された。地方法院、覆審法院が裁判を司り、警察署が置かれ、商工会議所、米穀取引所、原蚕種製造所、製糸工場、蚕業取締所などがつぎつぎに出来た。わたしが生まれた頃は併合後二十年近かった。都市は整い住宅地ものんびりしていて、急激な変動を子どもに感じとらせぬほどの治政下にあったのだった。りんご園には白い花が咲いた。公園は芝におおわれ、グラウンドやプールで遊んだ。ゴルフ場もあり、水道、電気、電話などで近代化された生活を植民者の大半が営んでいた。人口は年を追うごとに増加したが、昭和初期の大邱は朝鮮人およそ十五万、日本人三万、その他の人びとが少数というぐあいであった。

市街はもとよりのこと、バス通りは日本人の家が建ち並んでいた。が、また、町家ふうの朝鮮人の瓦屋根の家々も多く、ヤンバンサラムの家屋敷は瓦を乗せた高い塀をめぐらし、ひときわ大きく聳えていた。ヤンバンサラムとはお金持ちのことだと思っていた。とても大きな家だったから。サラムとは、人のことで、朝鮮人は日本人のことをイルボンサラムと言い、わたしたちは朝鮮人を朝鮮サラムと言った。わたしたち家族は朝鮮語を使えなかった。接する折もすくない。

「朝鮮マル、モルゲッソよ」

オモニに話しかけられると、聞き覚えのことばで母はそう言った。朝鮮語は知らないの、と。

そしてオモニに問いかける。

「イルボンマル、オモニ、アンデ？」

「アンデヨ」

それが会話になっているのか、どうか、「日本語、おかあさん、だめなの？」と問い返すと、オモニは「だめ、だめ」と笑って首を振るのである。

「うちは貧乏なんだよ」

父は折々にそう言った。その通りなのだとわたしも思っていた。母が女学生の時の袴をほどいてわたしの服を縫ってくれた。あっちを向け、こっちを向け、と言ってしげしげと眺めた。

父は大邱公立高等普通学校に勤める教員であった。その当時の学校制度は今と違っていて、義務教育は小学校の六年生までであった。内地、外地を問わず日本人は小学校教育を義務付けられていた。が、就学率は百パーセントというわけではなく、それ以前の学校制度の小学校が四年制であったせいもあるのか、四年まで通ってあとは働きに出る子もいたのだった。義務教育を無事終えて働きに行く子もいれば、高等小学校に進学する子もいた。高等小学校は二年制であった。それは今日の中学校に当るといえるだろう。が、その高等小学校は義務教育ではなかったので、いわば、ぜいたくな通学というニュアンスを帯びていた。これらのことはからゆきさんの足跡をたどっていてわたしは知ることができたのだが、それほどに植民地生まれの者は日本の実状にうとかった。家庭にはお手伝いの朝鮮人の娘がいた。父が折々に、うちは貧乏なのだよ、と言い聞かせたのも、日々の安らぎに甘えるなとの意味合いが強かった。

大邱には小学校、高等小学校、中学校、高等女学校、高等商業学校、高等農林学校、技芸学校、師範学校、医学専門学校その他があった。小学校と中学校、高等女学校は、日本人が通学する学校で、朝鮮人の通学する学校は別になっていた。そして朝鮮人の小学校を、普通学校と呼称し、中学校を高等普通学校、女学校を高等普通女学校と言った。わたしの父は大邱公立高等普通学校、つまり朝鮮人の少年たちの五年制の中学校に勤めていたのだ。朝鮮人は家庭では朝鮮語であったが、併合後は国語は日本語ということになり、生徒たちは国語として日本語を学習した。普通学校の入学率は低かったが、学校では朝鮮語のほかに日本語を学び、高等普通学校の受験を志す子は日本人の子らとかわらぬ理解力を日本語にも示した。進学する朝鮮人の子弟の多くは知的な家庭の子どもであり、親は日本の統治者とはまた違った意図で子に学ばせていたのだろう、彼らの使う日本語は、わたしなど幼児には父とかわらぬと思えた。高等普通学校ではすべての会話は日本語であった。高等商業などの各種学校、専門学校、大学は内地人朝鮮人の共学となっていた。

わたしは散歩の折に父に連れられて高等普通学校へ行った。バス通りをシナ料理店やロシア人の家などを通り過ぎ、町のほうへ向かって行くと、その学校があった。バス道路からは学校の門までゆったりした幅の砂利道があり、両側に柳並木がゆれていた。中学生が帽子に白いカバーをつけて歩いていた。

バス通りに接している校庭を大きなポプラの木が囲んでいた。そばに寄って見上げると海のようだった。

「おとうちゃん、海水浴の海みたい」

ひるがえる葉はくろぐろと空をおおい、波の音がしていた。

(二)

坂を登ると広い台地になっていて、奥へ向かって垣根をめぐらした家々が並んでいた。木立が多く、物音がしない。それは陸軍の将校官舎だった。この官舎の丘の端に、三軒だけすこしモダンな造りの民間の住宅があった。それぞれ専用の細い通路を置いて並ぶ三軒の家の裏手は空地で、その一番奥の家にわたしたちは引っ越した。弟が生まれてから間もないころのように思う。

わたしの家と陸軍官舎のあいだの通路は奥へ伸びていた。軍服を着た将校が、当番兵に馬を引かせて朝夕通る。坂の下の陸軍購買所から毎朝注文をとりに来る。三軒の民間の家にも来てくれた。市街から菓子屋、本屋、レコード店が注文の品をとどけに来る。時に、富山の薬売りがやって来て、四角の紙ふうせんをくれる。松葉をどっさり束ねて頭に乗せて、オモニがストーブの焚きつけはいらんかとやってくる。あとは子どもが三輪車を走らせた。が、その子らも数多くはない。みなそれぞれ自宅の庭で遊んでいた。

坂の下にも幾筋もの通路をもって陸軍官舎が建ち並んでいた。坂の上は大尉以上の軍人で、少佐・中佐・大佐・少将というぐあいに階級が進むに従って奥へ入り、家も大きくなり、一番奥は歩兵第八十連隊の連隊長の家だった。その庭はゆるくうねった広い芝生であり、松の木が太い根をごつごつとあらわしていた。そんな奥まで出かけるようになったのは数年のちのこと、小学校の同級生に連隊長の子が転入してきたからで、学校にあがるまでは家族の中で過ごした。

ある日、お手伝いの娘が、「和ちゃん早く早く、来てごらん」と呼んだ。家を駈け出して二人で走った。

「お嫁さんよ」

坂を駈け降りた。人びとが走って行く方へ走った。

もう大勢の人が集まっていた。五色ののぼりがひらひらしている。彼女が人をかきわけてわたしを前に押し出してくれた。金色の冠をかぶった花嫁さんが赤いちいさな御殿のようなかごに乗っていた。五色の縞のチョゴリを着て赤い扇を胸元で開いてじっとしている。沢山のオモニたちもそのまわりにいたが、わたしは花嫁さんの頭できらきらとゆれている冠ばかり見ていた。庭にも家の中の広い板の間にも、果物や料理が膳にのって並んでいた。

見物人は門のところにつめかけている。日頃閉めてある門が、この日開いたのだ。

「あのお嫁さん、朝鮮サラム？」

「そうよ。日本のお嫁さんもあんなにするの？」

「わからない」

式が始まって見物人は追い返された。人垣を抜けて戻る時、生きた鶏が両脚をくくられてお膳にのっかっていたのを、ちらと見た。

「ネエヤもお嫁さんになるの？」

「そうよ」

わたしたちはしばらくのあいだ興奮していた。彼女はやわらかな黒い布のチマを胸高に着て、れんぎょうの花のように黄色いチョゴリをその黒いひらひらするスカートの上半身に着ていた。ものごしがやさしい。わたしはその背にもたれて、背骨の上に垂らしている三つ組に編んだ髪にさわる。髪の先には赤いリボンを編みこんでいる。

「このリボン、テンギっていうのよ」

テンギは父のネクタイより長い。

時に彼女は話をしてくれた。

天に昇る虎の話があった。胸がつぶれそうにかなしい話だった。虎をあわれんで涙を拭きつつ聞いた。かなしみの跡がくぼんだまま心に残っている。

わたしたちは母が夕食の仕度をしている時、弟を抱いた彼女と、いつもわたしについてくる妹と、四人で遊ぶ。坂を降りて、上と下の陸軍官舎のあいだの広い道を渡り、池のほとりに行った。弟が草の上を這う。わたしは妹と桑の実を摘んだ。家路を急ぐアブジやオモニが広い道を行き通う。

「パンムグラ？」

どこかのオモニが声をかけた。笑いながら彼女が何か答える。

「あのオモニ、なんて言ったの」

「ご飯食べたの、って」

「まだ食べてないよね」

「それでもおくさんも隣のおくさんに、ご飯すみましたァ、って言うでしょ。こんばんはって言うのと同じでしょ。それと一緒よ」

「なんて言うの」

「パンムグラ」

「パンムグラ？」

「そうよ。ムグッソヨ、と返事するの」

弟を抱き上げつつ言う。

彼女に弟を負わせてもらった。危ないのですぐによした。

家の方へ戻ろうとしながら道へ来かかった時、走って来る牛を見た。

「危ない！」

彼女が叫んだ。妹がころんだ。牛はころんだ妹の横を一目散に駈けた。角を立てて、鼻息も荒く。妹はびっくりしすぎたのか、泣きもしないで立ち上がった。牛は南の水道山の方へ見えなくなり、大声を立ててアブジが追って行った。片手を振り廻しながら。

上の官舎と下の官舎のあいだのその広い道は、町寄りに行くと、孔子廟があり、その先を下って行くと朝鮮人の住宅がびっしりと建っている旧市街がある。牛は商品を積んだ荷車をほどいた隙に逃げ出したのか、追って行くアブジは野良で働く人のようには見えなかった。

ネエヤは時折よそゆきのチマチョゴリに着替える。休日に自宅へ帰っていたのだ。彼女がにこにこしてその部屋からよそゆき姿で出て来ると、わたしはさみしくてたまらなくなる。「早く帰って来てね、すぐ帰って来てね」まつわりついた。父が、「和江、おとうちゃんの宿直に連れて行こうか」と言った。

「あら、和ちゃん、よかったね」

ネエヤが安心した声で言う。

わたしは嬉々として画用紙とクレパスとを手提げにいれた。愛用の品で、いつも何か描いて遊んでいた。といってもまじめに描いているばかりではなく、いつだったか、黄土色をうんこ色と名付けてふざけたこともあった。「お調子者だね、和江は」母が嘆いたが、この時も「今泣いた烏がもう笑った」と言われつつ、大さわぎしていた。

ネエヤが静かに「行って参ります、おくさん」と言った。母が目顔で早く早く、今のうちよ、と言っているのを、ちらと見た。

父の学校が見え出すまで、絶えずわたしはしゃべっていた。ちょうど学校の柳並木がバス道路を越して見える所まで来た時、父が、「しかし和江は物書きにはなるなよ。おとうちゃんも童話を書いていたけど」と言った。なんの話をしていたのか、その父のことばだけが、その時通っていた細道の、板塀のコールタールの匂いとともに記憶に残った。

バス道路を横切って学校へ入って行った。

宿直室は用務員室の奥にあった。四角な畳敷きの部屋だった。父が用をすませると、夕暮れて行く校庭へ出た。

「ここでおにいちゃんたちが体操をするんだ。こんどは運動会に来ようね」

生徒が三人校庭を横切りながら、帽子をとって礼をして行った。

「あ、さよなら」

父がこたえた。生徒たちは肩からカバンをさげていた。

校庭は広い。ポプラの垣根のところまでかなりある。そばに寄って行くと幹は大人が両手で抱えるほどもあり、下の方から天に向かって枝々が茂り、葉は隣り合う木の枝々とも重なってふくれ上がっていた。その中で幾千羽とも知れぬ雀のさえずりがする。

「雀のお宿ね」

「田んぼから帰って来て眠い眠いと言ってるんだ」

「けんかしてるみたい」

見上げても姿など見えない。にぎやかでいて、さみしい。だんだんと声が細くなり、やがて嘘のように絶えた。風が高い梢の葉を吹きわたる。

「もうお部屋に入ろう、お話してあげるよ」

夕闇の校庭に石灰で描いた白い線が浮いて見え、宿直室へと歩いて行く父がさみしく思われた。校舎へ入る渡り廊下が小暗い。

黄色い電燈の光が落ちている部屋で、机のそばにあぐらをかいた父の膝の中に坐った。話を聞いているうちに眠った。帰りの記憶はない。

光州抗日学生事件は、半島の南の方の黄海寄りの都市光州で、高等普通学校の生徒と日本人中学生とが乱闘し、朝鮮各地の抗日学生運動に発展した事件である。わたしは敗戦後にそのことを知った。日本人中学生が汽車通学の途上で高等普通女学校生、つまり朝鮮人女学生をからかったことに端を発したものだが、わたしは当時の総督府の資料を読みつつ、一九二九年というその年を思った。併合後十九年であり、わたしは二歳になっていた。

父はわたしの誕生の一年前に大邱高等普通学校の江頭校長に招かれて朝鮮に渡っていた。光州事件は父の学校にも波及していたことだろう。敗戦後十余年を経た頃、わたしは総督府の警務局発表の資料をたどってみた。そこには、事件の前年に共産主義秘密結社の組織があることがわかり、全員検挙していたので、同事件に関する動きは見られないと記してあった。ただ二人の生徒が白望会というのを結成していることがわかり、一名を退学させ、「未だ具体的行動に出て居らざりしを以て、厳諭を加へ解散せしめた」という。白望会とは白い民族服を好んで着る同胞たちの、団結を望むとの心である。一九一九（大正八）年の三月一日に京城で朝鮮独立運動がデモ行進の形であらわれて各地に拡大した、その万歳事件の十年後のことである。大邱では光州事件の明くる年にも、府内の青年同盟という抗日グループの示唆により、高等普通学校生六名が、他校生にビラを撒布して、デモをしようとしているのが発覚した。「之れが犯人を検挙するに至りし」とある。

わたしの脳裡に父と歩いた夕暮れの校庭が浮かんだ。敗戦後の焦土に似た心境でかくれ読む資料だった。涙がにじんでくるのに耐えた。わたしたちの生活が、そのまま侵略なのであった。朝鮮にいた時は万歳事件も知らなかった。友人たちの中にそれを知っていた人がいたろうか。

わたしの記憶の底に父母のちいさないさかいがある。眠っていたわたしが目を覚ますと、母が涙声で、「行かなくてもいいでしょう」と言っていた。父が叱った。父が出て行った。

「おかあちゃん……」

心細さで声をかけた。

「おとうちゃんは？」

「目が覚めたの？　宿直の先生からお使いが来たから学校に行ったの。さ、おかあちゃんも寝ましょ。和ちゃんも眠りなさい」

母はいつもの母親の口調で言った。

次の日の朝、父がいて、靴下を履きながら母と談笑しているのを見た。

記憶の中の異常さはそれっきりである。

高等普通学校は先にもふれたように五年制の中学校だった。日本人中学生も同じ制度であり、子ども心にはすっかり大人に見えた。中学校への進学者は多くはない当時のこと、わけても朝鮮では私学的な書院で儒学を教える伝統がまだくずれずに続いていたから、普通学校の就学率も低い。高等普通学校生は、そうした、いわば前近代的情況の中から進学して来る目覚めた人びとだった。年齢にも幅があった。普通学校生の中にも、早婚の風習を反映して、姉のような妻を持つ者がいた当時である。わたしの家に遊びに来る生徒にも妻を持つ者はいた。父はそれら生徒と若者仲間のように食卓を囲んでいた。

わたしは小学校入学前に、母や妹弟や手伝いの娘と一緒に高等普通学校の運動会を見に行った。アブジやオモニがべんとうを持って大勢来ていた。幼い子らも空地を走り廻っていた。運動場には万国旗がはためいていた。わたしは日本、アメリカ、イギリス、スイス、スエーデンなどの国旗を知っていた。わたしが住んでいる朝鮮はもちろん日本だった。だからここには日本の国旗しかない。わたしはそれをふしぎには思わなかった。生徒たちはまっ白なランニングシャツと白いトレパンで器械体操をしたり、リレーを競った。騎馬戦、綱引など面白かった。父は他の先生たちとともに、白いズボンに白い運動靴であちこちと走っていた。石灰で描いた競技場の白い線が晴れやかで、観戦する声々が笛の合図を消した。

アブジたちは朝鮮語で息子に声援した。オモニが坐っているござを叩いて叫ぶ。

「アイゴ、チョケッタ！」

最高最高、と叫んでいるのだ。

「アイゴー」

泣き真似をして天を仰ぐオモニもいる。息子が追い越されたのだ。白のチマチョゴリに束髪のオモニは、束ねた髪に空色のかんざしを横一文字にさしている。

先生はほとんど日本人であり、日本語で号令をかける。生徒たちの掛け声も日本語である。普通学校時代に習得してきているので、わたしたちとかわらない。わたしら植民者の子どもたちは、朝鮮人の子どもたちが学校で習う日本語と同じことばを使った。それは方言のない学習用語で、標準語と言っていた。家庭でもそれを使った。

余談めくが、敗戦後二十余年ぶりに韓国で旧友に会った時、その日本語が昔のままに、なんのなまりもないことに激しいめまいを覚えた。日本に帰って来て、その日本語と同じことばを耳にしなくなっていた。地方はもとよりのこと、東京語も、そして共通語にも地域ごとのなまりがあったから、わたしは亡霊となった自分に出会った気がした。

わたしの父は、他の日本人教師と同じように朝鮮語を使えなかった。総督府では官庁の職員に朝鮮語の習得を奨励していた。その試験の合格者には手当を給付した。公用語は日本語だったが、都市部はともあれ、村に入ると必要だったから朝鮮語を話す役人や警察官はすくなくないのだった。話せないふりをして聞き耳をたてると言われたりした。

敗戦直後のこと、朝鮮に関する書物はまだ目につかず、大学の図書館で植民地当時の資料を読んでいた時、朝鮮文字に日本語訳のある民謡などを見た。その多くは文学博士高橋亨の研究だった。どきりとした。その名はしばしば耳にしていた。父の口から。父は好意を持っているようには思えなかった。

わたしの知っているその人は、大邱高等普通学校長から、総督府の学務局に入った人だった。やがて視学官となった。父は同氏が大邱から京城の総督府へ転じたのちに、同校へ行ったわけだが、何しろ教育行政の最高の地位を占める人である、常に関連があるので父母の会話にもよく出てくるのだった。「高橋亨とは考え方が違う、ぼくは……」と、父は母に話すのである。三品博士の名も耳にしていた。その研究には尊敬を払っている様子だった。のちになって三品彰英博士の諸論文に接し、父の手ざわりを知った。その『日鮮神話伝説の研究』は戦争中の著述だが、戦後もなお継承するに足るアジア史観に立つものであった。

ともあれ、朝鮮における中等学校教育の大綱は、日本人・朝鮮人の区別なく、「中等学校に於ける各学科教授法要綱」として、総督府視学官高橋亨によって大正十三

（一九二四）年に定められた。

それは同氏が総督府に移り、大正十年から一年半にわたって欧米の学事視察をし、帰国後、教授法研究委員会を組織し、月日を重ねて討議して制定したものである。師範学校、中学校、女学校、各種実業学校等の日本人・朝鮮人生徒は、すべてこの教授法要綱に従って教えられた。こまかな規則も作られた。学科別の基本方針である。教育、国語、漢文、数学、地理、歴史、物理、化学、博物、英語、裁縫、体操、図画、の十三学科の全部にわたった。新しい方法を取りいれたものであった。それは基本的には従来の、教師が話し生徒が聞くという方法を、欧米で行っている問答式教授法の実行へと移したもので、「この方法は上級校入試の合格率を低下させるといふがそのやうなことはない」と教授法要綱にある。日本の教育も朝鮮の教育も素読から出発していたから、その名残りが深く、問答式には反発があったのだろう。

が、問答式とはいえ、それは教科書を中心としたもので、教師が教科書以外のことを授業内容に加えるのを禁じた。当時わたしの父は歴史・地理を教えていたのだと思うのだが、国史教授上の注意事項の中にもそれは明記してある。なお「国体の尊厳、列聖の御威徳、忠良賢哲の言行等、特に国民的精神の涵養に資する事項は之を力説すること」とある。ことに、近世史、現代史は一層入念に取扱うこと、となっている。

それは、植民地が富国強兵の国政の一端であることを日本国民として認識するように、問答式で教えるのである。

当時の日本人のほとんどが、日露戦争の後に引き続いた朝鮮の併合を、国威の昂揚と感じていたのが、その頃の新聞や書物によってわかる。植民地を得て、日本はようやく列強諸国に追いつき後進国を越え始めたのだった。朝鮮とは戦争をしてその国をわが領土としたわけではなく、その内紛によって弱体化していくのを、併合によって救った、と考えていた。その論調は新聞紙上ばかりでなく、併合前に朝鮮を憂いながら渡海した民間人の意識にも流れていた。また、朝鮮で生まれ育ったわたしなどもそう思っていた。というよりも、それは意識することも淡い昔のことと感じていたのだ。生まれる前の出来事は日韓併合も明治維新も源平合戦もあまりかわらぬほど、遥かな過去のことだった。

そんなわたしのことゆえ、朝鮮人とともにたのしむ運動会は神々の時代から続いて来ているようなもので、終ると感傷が湧いた。ポプラの背後に夕焼けも沈んでいる。オモニたちも夢から立ち上がるように、砂などが入ったゴムシンという浅いゴム靴を、爪先でぱたぱたと払いながらぞろぞろと帰って行く。

「さっさとなさい。おいて行くよ」

母がうながした。

石灰で描いた白い線が消えかけている。新聞紙が風にころがる。栗の皮が散らばっている。生徒たちがすばやくテントをたたむ。

その校舎は日本の敗戦後慶北大学となった。また同大学はのちに郊外に転じて大きな総合大学となった。過日、新生した大学の校舎の中を、わたしは案内を受けて歩いた。日本国の侵略の跡などない見事な大学であり、そのことでわたしは救われた。が、かつての大邱高等普通学校はわたしの中で消すことの不可能なくろぐろとした塊となって沈んでいる。快活で、よく遊びに来ていた生徒。わたしはその生徒たちの幾人かに、膝にのせてもらって甘えたのだ。

運動会のあと、すこし冷気のただよう日だった。

お手伝いの娘に連れられて、見知らぬ家庭の温突《オンドル》の部屋に坐った。誰かが寝ていた。白い頭に紫のはちまきをして目を閉じていた。静かな顔だった。白い髪で想像するほどの老女ではない。

その枕元に障子紙を張った板戸があり、障子紙を通して太陽の光がふとんへ向かって斜に落ちていた。濃い緑色の繻子《しゅす》のふとん布が輝いていた。

わたしを後ろに坐らせて、ネエヤはていねいにおじぎをした。寝ている人の枕に近く、白いチマチョゴリのオモニがいて、立膝に坐ってふわりとチマをひろげていた。三十代後半の冷たい視線をわたしに注いだ。そのこちら側に、もう一人女の人がいて、やはり立膝で坐っていたが、視線を寝床にやったまま動かなかった。色物のチマを着ていた。障子の光の、影の中に彼女は坐っていた。

わたしたちがその部屋に入っても、病人の向こう側で太鼓を打ちながら称《とな》え言《ごと》をしている人は、それをやめなかった。小暗い影の中にいるので上半身は見えないが、両手の指で小太鼓を打ちつつ何か称えている。その白い膝元が光の縞の中にうかがえた。

さぞや病人はこの音がつらかろうと思った。わたしはよく病気をしたが、寝ている時は隣の部屋で弟が泣いても頭が痛い。が、太鼓はやまなかった。ネエヤもほっそりとした背中を見せて、うつむき加減に動かなくなった。

白いランニングシャツとパンツで運動会に出ていた生徒たちも、帰宅すれば、この称え言が聞こえる家の中で小太鼓とともに呼吸をしているのだろう。わたしはネエヤの後ろでおとなしくしていた。

（三）

冬の陽だまりにたたずんで、朝鮮人の女の子が遊ぶのを見ていた。みんな晴着だった。赤いチマに緑のチョゴリを着ていたり、ピンクのチマに赤いチョゴリなどを着て、ぎっこんばったんと長い板の両側でシーソーのように交互に空に跳び上がる。桃色のゴムシンの裏の白いのがかわいい。わたしはつりこまれて笑う。跳び上がるたびに子どもたちの頭を越して、おさげ髪の赤いテンギがひらひらした。チマも空中でふくらんではためく。中ばきも足元の白いポソンもふくらみ一瞬のうちに落ちてくる。ちょうどトランポリンを長い板の上で向き合ってしているように。

「こんどは和ちゃんの番よ」

ネエヤが言ってくれた。彼女は細長い板の中央がうまく俵に乗るように、時々動かして調子をみてやっていた。

「あたしはいいの、しない」

「すぐできるって。跳びなさいよ」

彼女が朝鮮語で指図をして、誰かが短かめの板を持って来た。ネエヤが片方にわたしを乗せて手をとった。向こう側に女の子が乗って、膝をかがめてぽんと上空へ跳び上がった。落ちてくると反動でわたしが跳び上がり、わたしが落ちると相手がバネをつけて跳び上がる。シーソーゲームのこつはすぐに会得した。女の子たちが口々に何かしゃべって、元の長い板に戻し、わたしと誰かが三メートルほどの長い板の両端に乗って跳んだ。わたしはこわがらずに遊ぶことができた。

しばらく跳んでから次の子とかわった。わたしは女の子たちが、跳び上がった時空中で色鮮やかな中ばきの両脚を、ぐっと前に揃えて出して、えびのように腰を曲げたり、両手をひろげたりするのを見た。降りた時は膝を曲げてしゃがみ、バネをつけてまた跳び上がる。わたしの番が来た時にその真似をした。すると、鳥のように軽々と空に上がって、一瞬空中でとどまるかに感じた。両手をひろげて遠くを見る芸当もできた。それはもうほんとうに鳥の気分だった。

どの子もわたしくらいの六、七歳に見えた。すこし大きい子も加わった。大きな子とネエヤが跳ぶ時は、羽衣の歌を思い出した。まっさおな冬の空に跳びこむように思えた。ネエヤの晴着のチマは空中でなびいた。

童謡の羽衣は、「夢の天女がうっとりと、見上げる空に舞いました」というのである。わたしは自分の短いスカートとセーターがさみしかった。女の子たちのことばはわからないが、みんなが笑う時はわたしも笑っていた。たのしくて一緒に笑った。

そのシーソーはノルテギといった。ノルテギをした場所が思い出せない。幾人もの朝鮮人の子と遊んだのは初めてで、日頃接する機会はなかった。その遊びは旧正月の遊びだと日本に帰って知った。ネエヤは自宅にわたしを連れ帰ったのか。

「ね、またノルテギしよう、ぎっこんばったんってしようよ」

「こんどね」

幾度も頼むのにネエヤはなかなかしてくれない。そして、そのまま、まもなくお嫁に行った。

お嫁に行ったらもううちには来ないと聞いて、お嫁さんになってもきっと来てちょうだい、と頼んだ。母が「何を言うの、おめでとうっておっしゃい」と叱った。

新しいネエヤが来てから、父と母が結婚式に出かけた。留守番をした。父母が帰宅して、お嫁さんのお祝の品をいただいた、と、細長い小箱をわたしに持たせた。中には銀のさじと箸が白い絹の上に並んでいた。朝鮮サラムはさじと箸とを使って、光った真鍮のサバルに丸く盛り上げたご飯を食べる。お嫁さんになったのだから、ネエヤはもうわたしのように瀬戸物のちいさな茶碗にご飯をよそって食べることはないのだ、と、しんからよその人になった気がした。わたしは銀の箸を握ってみた。頼りないほど細く、そして長い。

「重いからいらない」

冠をかぶったお嫁さんは他人のようだ。

「お客さまの時に使おうね。和江が大事に茶だんすにしまいなさい」

父が言った。

新しいネエヤが白いチョゴリと黒いチマで、食卓の端で弟を遊ばせていたのが記憶の片隅にある。

銀の箸もさじもなかなか使う折がなかった。時折母が磨いた。

わたしたちは新しいネエヤになじめなかった。彼女は口数がすくない。動作が鈍い。わたしたちは母が台所に立つと台所に寄って行く。卵の黄身でマヨネーズを作っている母が、たまりかねて言う。

「あなたはもうすぐ一年生でしょ。二人にご本を読んであげなさい」

「さっき読んであげた」

「ほら、そんなことするとこぼれるでしょ。和ちゃん、別のご本があるでしょ。新しいキンダーブックを読んであげなさい」

「だって坊やがぐちゃぐちゃするもの」

「おねえさんでしょ、あなたは。

ちょっとネエヤ、どこにいるの。三輪車に坊やを乗せてやってよ」

だまってやって来て弟を連れて行く。わたしはほっとして、「お隣に遊びに行ってい？」とたずねる。妹は母のそばで遊びたいらしくて、あたしも行っていい？とは言わない。

「夕方はいけません」

「おじちゃんは夕方しかいらっしゃらないよ。おばちゃんの邪魔をしなかったらいい？」

「いけません」

母が器の卵黄をかきまわしつつ言う。

「おじちゃんがね、煙草の煙でドーナッツ作ったの。またしてあげるっておっしゃったから行ってもいい？」

「だめ」

お隣の金さんのおじちゃんは豪快だった。道庁か府庁かに勤めていた。鼻すじの通った美男子で男の子と女の子と赤ちゃんがいた。男の子はわたしより一つ幼くて、大きな目がきりっとしたかしこい子だ。遊びに行くと本を見せてもらって何冊も読んでから、「さよなら」と言う。

ある日、わたしがまだ本を読ませてもらっていた時、おじちゃんが帰って来た。

「やあ、和ちゃん来てたの」

おじちゃんは背広をチョゴリとパジに着替えると、「来てごらん」と窓辺で言った。寄って行ったわたしの髪に、ゆっくり煙草の煙を吐いた。髪の中があったかくなった。

「ほうら、髪が燃えたぞお」

「燃えないよう」

わたしはあわてて髪をこすった。

「わるいおじちゃんね」

赤ちゃんを抱いていたおばちゃんが笑いながらたしなめた。おばちゃんは寒い冬の日なのに洋服だった。目が男の子とそっくり。

金さんのおじちゃんのことを、父は、金玉均という朝鮮のえらい人の親戚だと母に言っていた。また、昔の王さまの親戚でもあり、両親は京城に住んでいるのだった。

母は、金さん宅の子どもたちはお行儀がいいから見習うように、と言った。男の子も女の子も、両親と話す時はきちんと坐って朝鮮語で話をした。わたしとは日本語だった。本は日本語の本だった。わたしは父母の会話から、お隣のおばちゃんはおじちゃんが東京の大学にいた時に大恋愛をして、内地から連れて来た日本人だと知った。おじちゃんの両親は結婚に反対していたからおじちゃんたちは京城には住まないのだ。

こんなことを知ったが、その子らを日本人と朝鮮人の混血だと思うほどの民族意識も、また差別観も持ち合わせていなかった。

ずっとのちのこと、わたしが内地に留学する時、当時釜山に転任していた金さん宅に寄って、べんとうを作っていただき渡海した。

金玉均については敗戦後に書物を読んで知った。彼は併合のずっと前に上海で刺殺されていた。親日派とみられて、親清国派の朝鮮人に殺されたのだ。が、わたしには両派が救国の道を探して近隣の国々の人脈をさぐる苦しげな心ばかりが感じとれて、後世の論理で云々《うんぬん》する気にはなれなかった。

ともあれ金さん宅は、わたしの小学校入学前に、「ご本見せて」と気安くあがることが出来る唯一の他人の家であった。

金さんのその向こう隣は、和服が似合う日本人のおねえさんとその両親が住む静かな家庭だった。リリアンの糸で、おねえさんは柿の実だとかお人形だとかのお手玉を編んでくれた。柿の実には緑の葉っぱもついていた。お人形は三つも四つも編んでくれた。あまりきれいな出来ばえで、中には小豆がいれてあったけれど、お手玉にしかねて三月三日の雛祭りの雛壇にのせた。

入学式が近くなって、お嫁に行ったネエヤが西洋人形を持ってお祝に来てくれた。髪にテンギがない。あの赤く長くひらひらと背に垂らしていたおさげ髪のリボンが。

どこかのオモニのようにぴっちりと束髪にして。チマだって足首まである長いものを着て。

母と彼女がていねいに挨拶し合う。母がお茶を出し、友達が来たように何かいろいろとたずねている。ネエヤとも言いかね、オモニなんて言いたくなくて、上眼づかいに見る。

「そんな隅っこにいないでおいで。どうしたの」

母は一言そうわたしに言ったまま、「そう……、それじゃあなたも大勢の義理の妹さんがいてたいへんね。日本では小姑と言うのよ」とうなずいた。

西洋人形は寝かせると青い目を閉じる。細いリボンで結ぶ靴を履いている。わたしがいつまでも抱いているので、そばで三つ違いの妹がしくしくと泣いた。お嫁に行ったネエヤが「しっかりお勉強しなさいね」と言った時、わたしはうなずいた。なんにも二人で話をしなかった気がする。

そののちも時折やって来て、母と話をして帰って行った。母は父へ、ネエヤがかわいそうと何度も言っていた。

わたしは一年生になった。鳳山町小学校に通う。お向かいの陸軍大尉の子の文子ちゃんと同じ組だったので朝さそった。文子ちゃんを待っている時、当番兵が遠い兵舎から馬を引いてやってくる。ここは陸軍官舎のはずれだから馬は文子ちゃんの家と、その両隣でヒンヒンと鳴く。官舎の中には縦横に道がありカッパカッパとひづめの音をさせてあちこちへ迎えの馬が通っているのが、ランドセルを背負って待っているとわかる。小学生たちが馬のそばから出て来て、みんな下の官舎の中を通りぬけて小学校へ行く。思い思いの服を着て帽子をかぶって。

わたしもビロードの、すこし大きな服の上から、まっ白なエプロンをかけられ、後ろでエプロンの紐を花結びにされて青い帽子をかぶっている。教室で履くズックをいれたぞうり袋は、内側に薄いゴムが張ってある赤い袋で、まりつきをしている女の子がアップリケしてある。わたしはぞうり袋をぶらぶらさせて文子ちゃんを玄関で待つ。玄関を当番兵が掃く。門の内外も。馬が杭につながれて、長い脚を踏む。房のようにさらさら垂れているしっぽで、光ったお尻を払う。当番兵はちらちら馬を見つつ掃除をする。馬の脚を手にとって、足の裏を見る。馬の足の裏にはきらりと光る金具が打ちつけてあった。文子ちゃんが、「行きましょう」と出て来る。緑色とカーキー色のまざった大人っぽい色のセーラー襟のワンピースで。文子ちゃんのおかあさんがやっぱり白いエプロンをその上から着せていた。二、三人ずつ小学校へ向かう道へわたしたちも一人前の顔で向かった。

下の官舎の池のまわりを通りぬけて、傾斜した道へ出ると、その先は左右にひろがる田畠の中を直線道路が走っている。その遥か先の突き当りに片倉製糸会社の門と高い煙突があるのだが、子どもの目には遠くて関心がない。わたしも文子ちゃんも、ここで下の官舎も終りなのですこし緊張する。ゆるい傾斜の道を下って出はずれると、上級生の行くとおり田畠の中の道へ曲った。それはおそらくかつての往還で、大邱の城内と城外の村を結んでいた街道だろう。片倉製糸や八十連隊の前を通って釜山へ通ずるバス通路と、陸軍官舎の中をつきぬけて八十連隊の裏へ向かう池のそばの道との、ちょうどまん中をゆるい曲線を描いて旧街道は通っていた。

わたしたちはその旧街道を、文子ちゃんのおねえさんたちが三々五々と歩くのについて行く。田畠とはいえ、片倉製糸のあるあたりはびっしりと住宅地だし、陸軍官舎をぬけてしまうと月見山の上には高等小学校もあり、旧街道はその小山近くを通っているのだ。行き合う人だってすくなくない。

が、わたしは一人で、といっても文子ちゃんも一緒だが、田畠の中を歩くのは初めてである。街道は荷車の跡で二筋のくぼみがついていた。中央の盛り上がった土の上には、牛糞や馬糞があった。「遠くへ行ってはいけませんよ」と言う母のことばの、遠くを、わたしは田畠のひろがりとして思い浮かべ、生き肝をとられた子が寝かされている麦畠を思った。そのイメージの中へ入って行くようで、固くなった。が、数日後にはここも遠い所ではなくなった。オモニやアブジが働いていたから。その子どもたちも畦道《あぜみち》で遊んでいた。彼らの姿が見えると道端の草花を摘むことも出来た。「ひけしん坊だね、和江は」母は郷里の方言らしいことばでわたしの臆病をあきれた。が、ひけしん坊は当分のあいだ続いた。小学校の便所が気味わるくて、とうとうおもらしをした。文子ちゃんのおかあさんは熱心に参観に来ていたから、わたしの濡れた下着を新聞にくるんで、母に、「はい、お土産よ」と渡してくれた。わたしは学校にそなえつけの白いズロースをはかされて、すごすごと帰った。昼前の二時間あまりの学校は「むすんでひらいて」と歌いながら、みんなで輪になりぐるぐるまわって終る。「サイタ　サイタ　サクラガサイタ」と大きく書いてある掛軸の桜の花がきれいだった。

　こうして、サイタサイタを習いはじめたが、国定教科書を大きな声で読んでいるわたしたち一年生は三クラス。軍人、官吏、司法関係者、医者、商店などの子が多い。

　併合直前の大邱には、日本人の鉄道工夫と売春婦とがうろうろしている、と当時の九州の新聞に出ていた。それ以前の大邱について、明治三十八（一九〇五）年五月の福岡日日新聞は、日露戦争の占領地所見の付録のように、「征途雑信」として伝えた。

タイトルは「前途有望なる大邱」である。その当時の新聞紙上には昨今の宅地情報のように、南はシンガポール、ジャワから北は満洲、シベリアまで、前途有望なる新天地が紹介してある。日韓併合は政治上のドラマであり、具体的な侵略はより早く、ロシア艦隊をやっつけた頃には気の早い日本人町がアジアの諸方に出来ていたのだ。むしろ朝鮮の方がおくれがちで、日本人町は定められた倭館など以上にはさしてひろがっていない。朝鮮民衆の抵抗が強かったからである。

「前途有望なる大邱」を京城から記者は伝えた。くりかえすがこの記事は日韓併合の五年前である。

「大邱の野は東西約三里、南北約二里、加ふるに永川を中心とする琴湖江の流域も又此に属するを以て、韓国には有数の農業地なり。……輸入貨物は鉄道の便により大邱に集るは自然にして、大邱は遂に貨物の集散基点となるの運命を荷ふものと云ふを得ん。加ふるに大邱より遠からざる義城、安東附近には有望の金鉱砂金少からざれば、我が国人が大邱を中心として経営すべき事業は決して尠からず。大邱は遂に近き将来に於て日本人の手に依て、開拓発達せらるべきものと信じ申候。

然れども大邱附近に於ける農業経営は、世の新聞雑誌に喧伝せるが如き、非常に有利の事業と云ふを得ず。余が大邱に於て経験ある某氏に就き聞く処によれば、中等水田一斗落《おち》十貫文を現今通常の相場とす。三斗落はほぼ我が一反歩と同じく、十貫は現今の相場にて日貨十八円なれば、中田一反歩五十四円なりとす。而して小作米折半として二俵を普通とす。米価八円内外なるを以て、一反歩の収益は八円を以て通常とす。……」

報告はなお続く。地租のこと、実収入、買入代金、雑費。そして金融機関。

朝鮮の土地を買い、不在地主ふうに日本に居住したまま小作をさせる者が多くなっていたのだ。渡海する者は高利貸を業としているのが目立つ。

その頃日本軍の占領地である清国の大連は、「全体が露国の経営に成つて、其の規模の広大なことは、一見驚かるるばかり」であった。が、そのロシアに勝って二年後には「日本の満洲経営の第一着手は実に魔窟の創設である。到る処本邦人の経営する魔窟を見ざる事なき有様である。……千五百の男が五百人の売春婦を養ひ置く次第にて、男三人に売春婦一人の割合に当る」と同新聞が伝えるようになる。朝鮮半島を跳び越した形で、まず租借地大連をふくむ満洲経営に着手し、さらに中国本土への布石のように韓国併合がこの報道の三年後に行われるのだ。その頃は有望な土地は金融機関や、国家が派遣した軍隊ばかりでなく、在日のままの日本人庶民の手中にも入っていた。植民地は貧困な日本人の生きのびる大地としてクローズアップされもしたが、征韓論以来の有識層の多様な野望をも、かなえさせる大自然だった。そして、その自然とともに生きて来ていた先住民族は、きっと、自然の付属物だったのだろう。

サイタ　サイタ　サクラガサイタ、と口をそろえて学んだわたしは、次に、ススメススメ ヘイタイススメ、と、これも大きな声で読み、もう、おもらしもせず便所も気味わるい所ではなくなっていた。

いわば支配層の、その子弟が多く通学する大邱鳳山町公立尋常小学校は、旧大邱市街と、その南に誕生した住宅地域との接点あたりに建っていたのではあるまいか。これまで記して来た地域はすべて鳳山町小学校以南の新開地である。鳳山町小学校は通称第三小学校と言った。第一小学校、第二小学校は旧城内の市街地にあった。その学校の子どもたちは、「第三小学校ボロ学校、入ってみればくそだらけ」と歌っていた。

第三小学校前の三叉路《さんさろ》の角に大邱師範学校がある。市街の中央通りから伸びて来ているバス道路は、師範と小学校のあいだを通って南へ行き、父が勤める高等普通学校の前を過ぎ、日本人の子弟が通う大邱中学の方向へと行くわけである。この道は釜山に通じていたことを、のちに知った。師範と高等普通学校とのあいだに、高等商業学校と片倉製糸会社がある。

一方、小学校前の三叉路を東へ行くと、かなり先に新川があり、寿城橋がかかっている。この道路は慶山へ至る。寿城橋を渡って高等農林学校があり、ここの校長の娘もクラスメートだった。その子は八十連隊の先のりんご園から通う子とともに、もっとも遠くから通ってくる友人であった。第三小学校は第一・第二小学校の子どもたちのように華やかではない。勤め人の家庭が中心になっているので、米穀商や金融業などにみられる奔放さもない。わたしたちは自分たちでも「第三小学校ボロ学校」と歌った。自らけなしてはいたが、児童たちはみな、こざっぱりとしていて親たちは教育に冷淡ではないのだ。公職者の俸給は役人も教員も内地の六割増だから、大半の家庭にお手伝いがいた。わたしが三年生になった時、第四小学校が新設されて友人の半分が移って行った。人口は増加し続けていたのだ。

お調子者のわたしは学校になれると、通学がたのしくてたまらない。授業時間よりも登下校がたのしい。下校ともなれば、はじけるような解放感で校門を走り出て、三叉路でひとしきりさわぐ。

「さよなら三角、また来て四角」と、友だちのランドセルを叩く。友だちが叩き返す。また追って行って叩く。それは挨拶でもあり、学友の確認でもあった。そしてようやく「またあしたね」と言ってわが道へ向かう。そして男の子も女の子も一緒に走ったりしゃがみこんだりの道草をしながら帰った。いろいろな口遊びもする。

「ロシヤ、ヤバンコク、クロパトキン、キンノタマ」

みんなで言って、キンノタマであははと笑う。クロパトキンとは日露戦争の折の敵国将軍だというくらいの知識はある。「ロシヤ」ということばは生活感がともなっていた。ロシア人もよく見かけたし、そのくには地続きなのだといつしか知っていたから。

「白いは兎、兎ははねる、はねるは蛙、蛙は青い、青いはチャンコロ、チャンコロは逃げる」

そう言っては追っかけたり逃げたりが始まる。チャンコロとは清国、つまりチャンコクのなまりだろう。が、「泣いて逃げるはチャンチャン坊主」と泣く子をはやしたりもした。日清戦争の勝者気分である。と同時に、それはシナへの蔑称ふうに使われるようになった。

わたしたちは声を揃えて歌うごとくはやすごとく言ってから、「さよならア」と別れる。今まで耳にしたこともなかったわらべ唄の世界はリズミカルで、そして共通感情が快い。

「月夜の晩に、火事が出て、水持って来い、木べエさん、金タマ落として、泥だらけ」

そんなことば遊びもあった。月・火・水・木・金・土曜のことで、なぜ日曜はないのだろう、学校が休みだからかな、と思った。わたしは家に帰って妹たちへ声高に歌って聞かせて叱られ、友だちのあいだでたのしむようになった。

帰宅すると文子ちゃんと遊ぶ。

夏休みになった。

文子ちゃんがプールへ行くと言うので、わたしも水着にかえて浮輪を持って文子ちゃんについて行った。いつもは府営プールへバスに乗って父と行っていたのだが、文子ちゃんが行くプールは近いとのこと。そこでくっついて行ったのだ。しかし、それは陸軍官舎内のプールで、将校の子弟専用だった。水しぶきを散らして子どもたちが遊んでいた。わたしは入れない。

母が外出した時のこと、いいことを思いついて、「ネエヤ、お玄関の排水口をタオルでふさいでちょうだい」とたのんだ。

「ホースでお水いれて」

ネエヤが台所から長いホースを、座敷を通って玄関のたたきまで渡し、水を出した。

「もっとどんどん出してよ」

水着になって、たたきの水溜りで遊ぶ。

「水屋さんごっこしようよ」

わたしと妹は垣根の朝顔を沢山摘んで桃色や紫色その他の濃淡さまざまな水を作った。それを水薬の瓶にいれた。弟も大喜びをして、色水を買いに来る。盃をずらりと並べて、絵の具を溶いたような濃淡の水をいれ、好きな色は高い値段をつけた。玄関のたたきの水の中に坐ったり寝たりの旅をして、客は色水を買いにくる。わたしたちは玄関から上へ上がったり降りたりしてさわいだ。からだの雫で、畳もべとべとになった。

母が帰って来た時、わたしたちは元気よく報告した。

「けんかしなかったの。プールこしらえたのよ」

「おかあちゃんも泳いだらよかったのに。水屋さんもしたの」

「おかあちゃんはどのお水が買いたいですか。安くしますよ」

母は縁側にまわった。そこも水屋さんの出店でごった返していた。

数日後に、裏の空地にプールが出来た。金さん宅の台所と、わたしの家の台所から長いホースで水が注がれ、父とおじちゃんとが両家の子らに泳ぎを教えてくれた。わたしたちは終日水で遊んだ。プールのそばに植えてあるトマトがまっ赤に実り、母がトマトケチャップをこしらえた。キュウリでボートを作り、サラダを乗せて夕食の皿に並べる。

　風が涼しくなって水に入れなくなり、ろうそくの火で走る船を浮かべた。妹であったか、弟か、船に手を伸ばしてぽちゃりとプールに落ちた。金さんのおじちゃんも父も笑った。金さんちの男の子は本の方がいい、と、早めに家に入る。わたしたちはその妹と遊んだ。

　秋になり、月見山で府内小学校のスケッチ大会があった。この小山を中心にして思い思いに散り、スケッチをして持って来いとのことで、わたしは自宅近くまでそろそろと戻って行き、とうとうわが家の垣根に腰を下ろして、文子ちゃんの家を写生した。

「こんな所で……。ひけしん坊ね」

　母が気にした。

「おむかひのいへ」と題をつけた。師範学校でスケッチ大会の展覧会があり、その絵は額にいれて飾ってあった。賞状をもらった。上級生は大きな画用紙に描いていた。油絵もあった。

　その頃内地では小学校一年生の最初の図画の時間には、画用紙の中央に横線を引き、「さあ、上半分に空色を塗りましょう。下は茶色を塗りなさい」と指導され、「出来ましたか。天と地です」というものだったと帰国した時に聞いた。次いでお手本の模写となり、それが図画の時間だったという。内地のすべての小学校がそうであったわけでもないだろう、が、植民地には模写を定めた文部省の教科書を、多少は度外視する試みも行われていたのだろう。スケッチ大会はこの年が第三回目であった。

スケッチ大会はそのように比較的のびのびと行われていた。けれどもわたしは内地の子どもなら誰もが知っていたであろうことをまるで知らずにいた。何よりも大切な、生活の基盤ともなる田畠に関する常識である。

スケッチ大会があった月見山の裾の旧街道を下校していたわたしは、ふと道の両側に、いつぞや誰かに作ってもらった麦笛の素材であった植物が、穂を出しているのに気がついた。そこで、自分で麦笛を作ってみようと思った。穂のついている茎を引っぱった。が、なかなか抜けない。春先誰かに作ってもらった時、それはたやすく抜けていた。わたしは苦心の末に引き抜き、笛の長さに折ろうとして、また苦労した。

「笛、鳴らんよ。麦でないからだめだよ」

声がした。木をけずって遊んでいる朝鮮人の男の子だった。わたしは掌の中で細い茎をくちゃくちゃにして連れを追って走った。朝鮮人の男の子たちは笛にとてもくわしいのだ。麦笛だってピイピイ鳴らす。柳の小枝を切って、皮をくるくるまわして中を引き抜いて捨て、ピイイ、といい音色を流す。

夕食の時に親にたずねた。

「麦笛が作れる麦と、笛に出来ない麦とあるの？」

「麦笛？　畠の青い麦の茎ならどれでも作れるでしょ」

「でも作れなかったの。今日学校の帰りに作ったけど」

「今日？　麦は今時分にはないでしょ。今はお米でしょ」

「お米？　どうしてお米？」

妹も弟も何か話しながら食事をしていた。

「どうしてって。田んぼにあるのは稲だもの」

わたしはまごついた。

「麦のあとにお米を作るのよ。だから今はお米が植えてあるのよ」

でも、いつか見たのと同じ細い葉の植物だった。同じ草から麦とお米が出来るのか。

「おかあちゃん、お米と麦と同じよね」

わたしはその草のことを言ったつもりだった。母が驚いて父を見た。

「ちがう？」

妹たちへも相槌を打っている母が「知らなかったの？」と言う。父が弟との話の合い間に、「麦を見たことなかったんだね」と言った。

何かごちゃごちゃした。

もしかしたら昨今の日本の子どもたちも、村道を歩いた時こんな混乱を起こすかもしれない。そして、その無知の本質は当時のわたしと変らぬとも言えるだろう。世界には飢えている民族がいるというのに、働くことのない日本人はまるまると肥大症に悩んでいるのだから。

明くる日、学校から帰ると、母が「和ちゃん来てごらん」と台所から呼んだ。

「ほら見てごらんなさい。これ何？」

さらさらとすくった。

「お米」

「そうね。こっちはなんでしょ」

米粒より色が黒く、ひらたくて、粒の中央に黒っぽい筋があった。「知らない」

「これが麦よ」

「麦？」

「そう。麦はお米と同じような形だけど、固いからぺっちゃんこにしてあるの。今夜麦ご飯炊いてあげようね」

手にすくった麦は畠の様子を感じさせなかった。明くる日、麦ではないお米だと思い思い畠の横を通って通学した。アブジが働いていた。畦道に立ててあるチゲに風呂敷に包んだべんとうがぶらさげてあった。チゲとは背負い道具のことで、二叉《ふたまた》になった自然木を二本使って作ってある。

母が植物図鑑を注文してくれて本屋が持って来た。つるつるした紙には沢山の穀物の写真がついていた。米も麦も出ていた。写真では区別がつくのだが、畠に今あるのがどちらであるかは納得できなかった。

雪が降り、校庭で雪だるまを作り、雪合戦をした。教室のストーブのまわりの金網に、色とりどりの手袋をかけて乾かす。ほかほかと湯気が上がった。大邱は南朝鮮なので零下何十度などと冷えることはない。戸外での遊びはたのしい。スキー帽のようにすっぽりと頭も耳もおおう帽子に襟巻がくっついているのをかぶって、毛糸の靴下でとび廻った。

わたしたちの会話には、家でも学校でも、田畠に関するものはなく、米を作っている家庭の子弟は友人にひとりもいなかったし、田畠の作業は暮らしとかかわりがないばかりでなく、子どもの四季感ともまるで関連してはいなかった。あおあおとした田植え後の田を見ながら、それを米とも麦とも知らずにいるふしぎさが、わたしの幼時を色どっている。

第二章　しょうぶの葉

（一）

牛に犂《すき》をつけて畠の中をアブジが行ったり来たりする。犂は重たいスコップ状をしていて、土を切り返す。牛はよだれを垂らし、口をもぐもぐさせながらのろのろ動く。でも土が重い様子で時々動かなくなる。アブジが犂を押していた手をとめ強く舌打ちして、動けと命令する。舌打ちの音に従って牛はとまったり動いたり曲って行ったりする。アブジが時々犂と一緒に握っている手綱で、ぴしりと牛を叩く。痛くないのか、やっぱりのろのろしているのだ。

わたしは道草をして遊びながら眺める。アブジは掘り返した畠の土の上を、わらじの足で踏みよろけないように気をつけて犂を押して歩く。牛の方がずっとしっかり歩けるのだ。畦道《あぜみち》にお腹をぽんと出した幼い子がはだしで突っ立って、犂を見ているわたしを、眺めている。幼児の近くでは女の子が草を摘んでざるにいれている。わたしは春窮《しゅんきゅう》ということばがあろうなど、知ることもなく、牛とアブジの動作をあきずにみつめた。春窮とは、春先に食べるものがすっかりなくなることで、ハウス栽培などなく、天然に育つ作物だけを食糧にしていた時代は、正月が過ぎた頃から貯えていた物も乏しくなる。畠にはまだ芽を出す野菜もなく、野に摘む野草も見当らず、耐えしのぶ日が続いたのだ。それは日本でも朝鮮でも同じことであったのだが、植民地となった朝鮮では、それは一層深刻になったのだった。なぜなら、入り込んで来た日本人がありあまるほど買い、貯え、また値をつりあげては売ったからである。朝鮮人でもヤンバン家庭では米麦はもとよりのこと、野菜も貯蔵し、また漬物にして春窮を知らずに過ごした。

けれどもヤンバンサラムやイルボンサラムの田畠を耕す人びとは、春窮を大人も子も耐えた。冬はすっかり枯れてしまう畦道に出て、草の根を掘る早春の日の子どもたちを、わたしは見ていた。就学年齢なのに通学していない子どもたちだった。わたしはことさらの感情もなく、小刀などで土を掘っている子らを眺めたのだった。

その春が過ぎ、山も野も青くなり、麦刈りも終る。わたしが二年生になっていたある朝のこと、散歩に行こう、と、起こされた。前の日の夜から父にさそわれていたので、わたしはすぐに目を覚まし、久しぶりの父との散歩にいそいそと家を出た。父は陸軍官舎の奥へ急ぎ足に行き、官舎を出てしまうと一面の水田へとわたしを連れ出した。田植えが終ったばかりの田に、短い苗が葉先をのぞかせていた。人の姿はなかった。

わたしたちは畦道へと下りて行った。畦道のそここには、苗がいくつも落ちていた。

「さあ和江、うちの庭で米を作ろう」

わたしはたちまち父の意図に気づいた。それは散歩ではなかったのだ。わたしのズックの靴は畦の草露で濡れていた。

田に朝陽が射して来た。父が畦道の苗をひろった。

「畦に捨ててあるのはもういらない苗だからいただいて行こう。和江もひろわせてもらいなさい」

「これがお米になるの？」

「そうだ」

草そっくりの緑の葉をつまむと根っこに泥がついていた。

「おとうちゃんは苗って言ったよ、さっきは」

「苗とはお米の赤ちゃんのこと。稲はおねえさん。お米はおかあさん」

父が苗を束ねるように手にさげて、「さ、帰って和江と植えるぞう」と言った。

「どうしてお米をいろんな名前で言うの」

わたしは急ぎ足の父に従う。

「和江だって健一のことを坊やって言うだろ、どうしてだ」

「だって、みんなが言うもの」

「お米もみんなが言うんだものな。お百姓さんが種子《たね》を播いて大事に育てながら、大きくなるたびにいろいろに呼ぶんだよ」

「お百姓さんが名前つけたの？」

「そう」

「先生と違うの」

「違う。お米はお百姓さんが育てたんだ。学者は学名をつけるだけ」

「学名って何？」

「それはまた今度だ」

わたしは気分がちぢかんでいる。泥のついた苗から雫が垂れるのをぶらさげて、ことば数がすくなくなる。

「お米がとれるぞ。お水をやって、夏になったら草を取って、そして秋になる頃稲穂が実る。お米は今から秋までかかってようやく実るんだ。米がとれたらおかあちゃんにご飯を炊いてもらおう。おすしか？　和江は何がいい？」

「和江はねえ、……チキンライス」

家の門の所に母が弟を抱いて待っていた。庭のちいさな池に土がいれてあった。

「お水はまだいれてないわ」

母が父に言った。

「和江、お米はね、お水の畠に植えるんだぞ。さあ急いで水をいれよう」

ホースで水をいれた。べとべとに父がかきまわす。

「苗をこんなふうに植える。苗を植えるのだけど、苗植えとは言わない。田植えって言うんだ。米を作る畠を、田と言う」

父はズボンをまくり上げて、わたしの前で苗を植えた。

「はだしになって入りなさい」

声の出なくなっているわたしを、米のこと麦のことをよく知っている朝鮮人の子どもたちがどこかでのぞいている気がする。泥に入ると、ぬるりと足指の間に虫か何かが入った気がした。気味がわるい。うつむいて父の手つきをうかがいながら、泥の中に苗を植えた。べっとりと生ぬるい泥水が手首までついた。ふいに涙が出た。しゃくり上げた。

「泣かなくていい。誰だって初めは何も知らない」

「でも、朝鮮人の子どもは知っているのよ。和江がずっと前、笛作っていたら、それは麦でないから駄目って言ったもの、男の子が」

「それはお百姓さんの子で、ちいさい時から手伝ってるから知ってるんだ。でも、初めはやっぱり知らないから、おとうさんから教わったんだよ。

泣かずに植えなさい。すぐにめそめそするもんじゃない」

母が、

「上手上手。ちゃんと水の中に苗が立ってるよ。朝ご飯の用意も出来てるから、さっさと植えて、さっさとお顔を洗いなさいね。

あと、あたしが見ますから、おとうちゃんご飯おあがりください」

と言ってわたしをうながすように池のそばに立っていた。

この田植えの試みののちも、わたしは幾年ものあいだ田畠のものを見て、それが麦であるのか稲であるのか識別することに自信がなかった。それで、麦は冬に麦踏みをする、米は麦を刈ったあと水田にしてから植える、と、この日の父母を思い出しつつ、季節と重ねて畠の作物を麦だとか、米だとかと、わが身に言い聞かせた。池の稲は穂になったが、空の実が多かった。

「ご飯を粗末にしてはいけません。一粒一粒にお百姓さんの苦労がこもってるのよ。こぼしたものはきちんとひろいなさい」

母が食卓で言う。わたしは味噌汁も好まないし、ご飯もあまり食べない。

「おやつばかり食べるからよ。お百姓さんありがとうって言ってお茶碗のはみんなおあがり。あとたった一口でしょ。罰が当るよ」

母から毎度言われる。心の中に畠で働いているアブジが浮かぶ。お百姓さんありがとうと、その白い服へ言う。

日本の村の話も父母から聞かされるし、絵本で内地の農村も見るのだが、田畠で鍬《くわ》をとっている人びとは服装は違っていてもすべて朝鮮人だと思っていたから、内地人のお百姓さんにありがとうと言っているわけではなかった。植民地の罪と罰について考えるようになる以前に、小学校への十数分の旧街道がわたしをそのような形でつかまえて、お米なしには生きられない、と教えたのだった。日本人には朝鮮米を利殖の対象として扱う者も多かったのだが、そんな才覚のない両親に救われて、わたしは植物から食糧へと転ずる米へのコンプレックスを持ちながら通学した。米や麦の茎を引き抜くことに抵抗が生まれた。

やわらかな陽射しの午後だった。小学校からさして遠くない友人の家に寄り道をした。遠くを朱色のきものを着た人たちが、編笠をかぶってぞろぞろと行く。朱色のきものは色褪せていた。腰に縄をつけられ、両手を後ろ手にしばられ、みんなつながれて行く。藁ぞうりだ。

「あの人たち、何？」

「囚人よ」

「囚人って？」

「どろぼうした人。朝鮮人よ、みんな」

「青いきものを着てる人も？」

「青いのはもうすぐ出るの」

「出るって？」

「刑務所を出るの。そこ刑務所だもの」

赤レンガの高い塀がずっと向こうまで伸びていた。レンガ塀にそってぞろぞろと歩く。

「どこへ行くのかしら」

「畠よ」

畠に何をしに行くのだろうと思った。

その後囚人たちの畠を知った。鍬を持って働いていた。縄は打たれていない。各自鍬を振って四方に散っていた。

地元に朝鮮人のわらべ唄がある。空とぶ雁を見て歌う。

先に行くのはどろぼうだよ

その次はヤンバンサラム

あとから行くのはシャンヌム

いつごろ生まれた唄か。シャンヌムとは一般の農民のこと。ヤンバンサラムの家の小作をする人もすくなくない。先に行くどろぼうのイメージは、イルボンサラムだったろうと、帰国したのちに思った。朝鮮米ひとつをみても、それは内地へ移出され、買い占められて相場米となっていて、シャンヌムは砕け米を食べたのだ。編笠の人たちがみな朝鮮人であったかどうかわからないが、子ども心にも日本の警察も裁判所も朝鮮人に対して苛酷だという印象はあった。囚人たちの中に思想犯として、学校から職場から地域から引かれて行った朝鮮人がいくらもいたはずである。

小学校二年生になっているわたしは、すこしずつ行動半径をひろげていて、帰り道も田畠の中を通らず、バス道路をまっすぐ南へ歩いて、片倉製糸の正門前で折れてから自宅へと帰ったりした。この道を通る友だちの方が多いので、それだけながく遊べる。道の片側は師範学校、高等商業学校、片倉製糸と続くが、その向かい側は住宅地であったから。

大邱には紡績会社や製糸会社がいくつもあって、駅裏などに高い煙突が立っていたが、工場地域ではない南の地区にも、片倉製糸紡績会社大邱製糸所というのが広大な敷地に建っていた。また蚕種製造業も盛んであり、問屋街には繭糸商も大きな店を持つ。白絹の反物を山と積み上げたその店先に、ヤンバンサラムの商人が絹の朝鮮服を着て、多くの使用人を使って坐っていた。

鳳山町小学校にもささやかな桑畠があって、上級生が手いれをしていた。特別教室が並んでいる校舎の中には蚕が飼ってある部屋があった。下級生には縁のないその特別校舎へ数人の友だちと冒険に行った。窓の外から教室を眺めては、理科室のフラスコだとか骸骨だとかに胸をときめかしたが、蚕に特に興味を持ちはしなかった。しかし、廻り道をして帰る日が幾日か続き、片倉製糸の正門まで来た時、蚕のことを思い出した。わたしは友だちに言った。

「片倉製糸の中を見せてもらわない？」

「見せてくれる?」

「だって見学だもの、見せてくれるでしょ。絹糸作ってるのよ、ここ」

「行こう行こう」

わたしたちはばらばらと走った。守衛さんに話し、事務所で話し、係のおじさんに案内されて工場へ行った。が、工場へ一足入って、わたしは後悔した。

女の子と目が合ったのだ。くるくると廻る機械の前に腰掛けて手を動かしながら、ちらとわたしを見たその子は、わたしより幼く見えた。その目はかなしげだった。戸口は開いていた。開いている戸口の、すぐそばにいた。何か考えていた目を、こちらへ向けたのだ。汚れた白いチョゴリを着ていた。案内してくれる日本人は、わたしにていねいに説明した。

「茹でた繭から、絹糸を取る工場です。ほら、あの機械に……」

機械の音が雑然とする。この匂いも湿気も茹でた繭が放つのだ、と知った。わたしは絹の糸は繭を機械にいれるとひとりでに糸となって出てくるものだと思っていたふしがある。幾台もの回転する機械の前に、一人ずつ女の人が腰掛けている。誰もこちらを見ない。見る暇などない。先程の子が一番ちいさい子で、あとは十二、三歳ほどの子や、娘やオモニが、茹でてくさい匂いを出している繭の浮く湯壺の中から絶え間なく繭をつまんでは、くるくる廻る機械に細い糸をつまみ出しては引っかける。繭から黒いさなぎが貝の実みたいに出て来る。それを籠にほうる。

部屋は湯気でむっとした。オモニたちの指が白くふやけていた。

「もういいです。ありがとうございました」

その工場を出ると、渡り廊下を通って向こうへ案内しようとするおじさんに、そう言っておじぎをした。まだ見て廻りたい友だちにわるいと思ったが、工場はつらすぎた。

製糸会社の門を出て、友だちに別れて自宅へ向かった。整理のつかぬ感情が粘っこく澱んだ。工場で働く女たちはみな朝鮮人だった。

そののちもしばしば片倉製糸の前を通ったが、二度と入らなかった。蔦のからんだ建物は外から見ると木立の中に静かである。わたしはこの建物へ通う女たちを見たことはない。その時間にゆきあわないのか寄宿舎でもあるのか。

その製糸会社の前を通りぬけて、大邱高等普通学校の前も通り、以前住んでいたあたりも行き過ぎて、大邱中学のあたりまで廻り道をするようになった。友だちが出来たからだった。

先生から呼ばれて、「こんど転校生が入って来ますけど、視学官の息子さんですから、あなたいろいろと教えてあげてください」と言われ、その日、転校生の昭ちゃんを自宅まで送った。その家がこちらにあったのだ。以来仲良しになった。視学官の官舎は生き肝《いぎも》とりがひそんでいると思っていたあたりである。わたしはこのあたりにも家があったのかと安堵《あんど》したものだ。昭ちゃんとは気が合ったのか、始終どちらかの家で遊んだ。昭ちゃんは一人っ子だった。

視学官とは光州事件の明くる年に、それまでは総督府学務局に一名であったのを改め、各道庁にも専任者が一人ずつ配置されて、内地と同じように学生の思想指導に当った役人のことである。道内のすべての学校を視察監督した。昭ちゃんのおとうさんも慶尚北道内を廻られるのか、遊びに行っても留守が多い。わたしたちは池の金魚を追っかけたり、ままごとをしたりして遊んだ。

昭ちゃんは東京っ子である。東京の子はことばが似通っているのでクラスにすぐなじむ。が、内地から来る子の大半は、ものを言えばみなが不審がって聞きかえすので当分のあいだだまっている。それがわたしは気になるので、つい、世話をやく。そんな子に、色白な女の子がいた。転入の折の先生の紹介に、おとうさんのお勤めがこんど片倉製糸にかわられたので内地からみえました、とあった。何か割切れぬ思いがした。なぜ内地からあの工場へみえたのだろう。理解できなくて、下駄箱の所で二人になった時にたずねた。

「どうして内地から来たの？」

知らない、と言うようにその子は首を振った。

わたしは視学官の子が東京から転入することに対して不審を持つことはなかったが、工場で働いていた幼い女の子が忘れられないのだろう、警戒する思いで内地の大人の世界に思いを馳せた。何しに朝鮮にやって来るのだろう、朝鮮人の大人がいくらもここにはいるのに。わたしには解けなかった。

（二）

駅前のメインストリートの四つ角にあるお菓子の近江屋が、サンプルケースを積んで注文をとりに来るのは一日おきだった。わたしたちはチョコレートの銀紙をまるめて玉にした。近江屋は得意先の家庭を廻るので、子どものあいだには共通感情が育って、銀玉のくらべっこなどもする。が、五月五日の節句に、家の軒先にしょうぶの葉とよもぎとをつけたのはわたしの家だけのようだった。椅子に危なげに乗ってそれを取り付けようとしている父が、「和江、内地では端午の節句にこんなことするんだよ」と言った。母が、「どこかの地方ではいわしか何かも一緒につけるのではありません？」と言った。家の中には武者人形が弟のために飾ってあった。鯉のぼりはもう今年は揚げない。

「どうしてしょうぶなんかを軒につけるの？」

「子どもが丈夫に育つようにだよ。しょうぶの葉がちかちかしているから病気が家の中に入ってこないと昔の人が考えたんだよ。よもぎもお薬になる草だ」

「なあんだ、迷信なの」

「迷信というわけじゃないよ。これで病気をなおすわけじゃないんだから。風習というんだ。七夕に笹のお飾りをするようなもんだ。どうだ、うまいぐあいについたろ」

父が母をふりかえった。

その夕方、まだ明るいうちに子どもたちはわいわいとさわいで父としょうぶ湯に入った。しょうぶの葉先が、肩にふれて刺した。父母はわたしの麦笛の件に心配したのかもしれない。当然知っているものと思う常識的なことが、学習しなければ理解できないのだと、あらためて思ったのかもしれなかった。四季折々の節句の行事はこまめにしてくれた。ただそれがわが家の行事で終る。町中で一緒にたのしむような風習は正月と秋の大邱神社祭くらいであった。あとは思い思いに、花見、海水浴、栗拾い、松茸狩り、温泉、旅行などと行楽をたのしんだ。内地では、それぞれの地方に田の神祭りや虫送りや海供養などと、作物や狩猟に関連した共同の祭りがあるのだが、植民地の暮らしにはそれがない。田畠はいくらもあるのに、田で働く人びとは別だったから。繰り返しになるけれど、わたしが米と麦の区別がつかなかったことの根は深く、それは何よりも植民地の日本人を語るかに思う。共に働きつつ共に食べる時に、生活の中に基本的なそして共通の風習が生まれる。たとえ農業にかかわりのない家庭であろうとも、それら共通の風習に支えられて、認識の幅をひろげながら生きるのである。朝鮮でわたしが食べた米、その米を作るために朝鮮人の農民が四季折々に農業の神に祈りを捧げ、こまやかに神まつりの風習を繰り返していたのだが、それを、わたしは天の川の伝説をなつかしむように眺めるばかりで、労働の実情などまるで知らなかった。端午の節句の日、彼たちもまた子らの成育を願いながら薬草を摘んで漢方薬をこしらえていたのだ。

朝鮮人と共に働くことのなかったわたしたち日本人、というよりも、朝鮮人を働かせて安楽に暮らしていたわたしたちの祭りといえば、春は軍旗祭、秋は大邱神社祭であった。軍旗祭は天皇陛下から賜わった軍旗を祝して行う連隊の祭りで、一般人もこの日連隊の中に入ることができた。連隊は一種の聖域だった。日本人の男が成人となった日、徴兵検査で選ばれて兵士となって、はじめて門をくぐることができる。当時の感情ではこの門をくぐるのは晴れがましい成人の儀式だった。特権であった。女はもとよりのこと、男であっても朝鮮人には閉ざしていた。軍人になることは、武士の階級と魂とを持つことに通うというような観念が、生きていたから、軍旗を所有する者たちの特権意識は強かった。

軍旗祭の日、大邱の町の人びとは万国旗や軍楽隊でにぎやかな連隊の兵営の中へぞろぞろと入って行った。アブジやオモニたちも大勢見物に行く。わたしも陸軍官舎のそばに越していたので、招かれて兵営の中に入った。バザーや模擬店が沢山あって、大勢の人びとでにぎわっていた。演芸場もあった。桜の花の下でさわいでいる人びともいた。兵隊たちも酔っていた。レコードが拡声器を通して、「あなたと呼べば　あなたと答える」とか、「うちの女房にゃひげがある」とか、がんがん鳴っていた。わたしは演芸場で見たドジョウすくいの踊りにびっくりして、その腰つきの品のなさがそのまま軍旗祭のイメージとなってしまい、二度と行こうとは思わなかった。

秋祭りには父母と駅前までおみこしを見に行った。見物人で身動きできぬ繁華街を、獅子が大きな口をぱくぱくさせて踊り歩く。その獅子がこわくて父に抱かれて泣いたが、同じように妹も弟も獅子が寄って来ると泣き出すのを、人にかくれてこわごわ眺めた。みこしの先を、稚児行列が通った。町の子たちがお内裏さまさながらに着飾って、親に手を引かれて赤白の綱を引きながらゆるゆると歩いて行く。

秋祭りは本来ならば収穫祭ということになるだろう。わたしたちもそのように思っていた。神社は日本人植民が思い思いに氏神などを祀《まつ》っていたのを、その乱立をふせぎ国家神道に統一させるべく、大正年間に各府町村に一社ずつとしたものである。わたしら日本人にとっては、他人に働かせた田畠の収穫の祭りであったのだが、みこしを共に見物している朝鮮人農民の目には軍旗祭とかわりなく見えたことだろう。

家庭内の行事は学校でもするようなことを割に熱心にした。節分には父が鬼になり、豆電気だけの小暗い家のどこかにかくれて子らをおどし、わたしたちは悲鳴をあげて豆を投げつけた。雛祭りも雛壇の前で食事をした。七夕には朝早く父と蓮の露をとりに行った。笹飾りは母と白紙で天の川を作り金銀の星をつけ、色紙で折った飾りや願いごとを書いた短冊と共につけて庭に飾った。誕生日も祝ってもらった。盆には位牌のないちいさな仏壇を違い棚にのせて、ほおずきや白玉だんごを供えた。母がきゅうりや茄子でちいさな馬を作ってみせた。

「このお馬に乗ってご先祖さまがいらっしゃるのよ。お利口にしていないとがっかりなさるよ。ご先祖さまはなんでもよく見ていらっしゃるの。嘘をついても見てらっしゃるのよ。いつもどこかで見ていらっしゃるの」

そう言って茄子の馬をほおずきの横に供えた。いつもどこかで見ていらっしゃるということを、わたしは信じた。お寺さんが来て短い経をあげて行く。

クリスマスにはサンタクロースがわたしらの眠っている間に来て、何かしらプレゼントしてくれた。年の暮れには餅つきが廻って来て庭先でついてくれる。正月には振袖のきものを着て、ちいさな名刺を持ってご近所や友だちの家に年始に行った。母からお年玉をもらう。いつかドーナッツ盤のレコードをもらった。蓄音機にかけようとすると、母が、「それ、ほんとのレコードかな。なんでしょ」と笑った。妹も弟もレコードの絵がかいてある袋から出して「レコードよ」と言ったが、チョコレートだった。

子どもたちのけいこごとも割に盛んだった。小学校に入ると家庭教師のいる子もいたし、ピアノの上手な子もいた。バレーとか日本舞踊もはやっていて、発表会もあった。お仕舞を習う子もいる。わたしは習字塾に通うだけ。生活に対するつつましい感情が育っていた。

それでも当時の日本は昭和の不況期で、失業者三十万といわれていた時である。植民地のこの平凡な生活は内地では都市生活者のもので、一般には四季の行楽や温泉旅行はもとより、お手伝いを置くなど考えられないことだった。水道の普及さえ一部の都市にとどまっていた。

親類の者が内地から遊びに来ると、ぜいたくなもんだね、と言ったものである。古いもの、不便なもの、肉体労働を必要とするものなどは、クラスメートの家庭でも目にしなかった。

わたしには満洲事変の記憶はない。

満洲国建国は昭和七（一九三二）年、わたしが五歳、父と散歩に行き、天の川を見たと思っていた頃で、昭和十一（一九三六）年二月、もうすぐ妹も一年生という冬に、二・二六事件が起きた。これは記憶がある。その雪の朝、東京で青年将校が大臣たちを殺害し、戒厳令が布かれていると父母の会話で知り、反射的に早川のおじちゃんを思ったのだった。

父は陸軍官舎の誰ともつきあいがなかったが、その頃少佐であった早川のおじちゃんはどういうものか、「森崎先生おられますか」とよく遊びにみえた。それも静かに玄関からというより、どこかすねた学生のようにやって来て、大きな声で呼ぶ。ある時は当番兵をつけずに帰宅し、おかあさんと二人暮らしの家から馬を走らせて塀をひらりととびこしてわたしの家の庭に入った。

わたしはその朝五センチくらい積もっている雪を踏みつつ登校するあいだ中、あのおじちゃんは青年将校の仲間だと思い、口に出せぬまま気にした。妙なことに、それ以後早川のおじちゃんを見なくなったので、やっぱりそうだ、どこか別の連隊に追いやられたのだ、と思ったものだ。

妹が入学した。ブルーの服にレモン色のレースの大きな襟がかわいくて、わたしは頬ずりをした。手をつないで登校する。

学校から、家庭の教育方針についての調査用紙がくばられた。三年生になって新しくかわった女教師だった。父が帰宅して書き込んでくれてわたしへ手渡しながら「自由放任と書いておいたぞ」と言った。

「自由とは和江が正しいと思ったことはのびのびとやり通すことをいう。放任とは親からいえば責任を手放すこと、和江の立場からいえば責任を引き受けること。わかったね」

「わかった。どうもありがとう」

わたしはとてもうれしかった。信じてくれているのだ、と思った。早川のおじちゃんと父が、時々、自由について話しているのを知っていた。襖の中から洩れていた。

が、この調査用紙を先生に渡すと、顔色がかわった。きびしい表情でわたしを見た。わたしは平気だった。自由放任はわたしの宝物になっていたから。

しかし、先生の態度は冷たかった。何かにつけてのけものにしようとされた。気がつかぬふりをしていたが。たとえば五月上旬に学芸会がある。幾人かが居残りをして練習をする。わたしもその中にまじってけいこをしている。一、二年の時の担任の先生が振付けをし、新任教師とともにけいこをつけてくれた踊りである。会が終って、町の写真屋が来て記念写真を写す。新任教師がポーズをとらせた。わたしと文子ちゃんの二人に。

「あ、先生違います。わたしがこうやって首を曲げて立っていました」

「いいの、あんたは。先生の言う通りにしなさい。

文子ちゃん、あなたの方が素直でいいわ。やっぱり家庭の教育方針が違うもの。従順でないといいポーズもとれないわね。文子ちゃん、あなたが立姿なさい。もうすこし首を曲げて。そう。あ、かわいい。

はい、写真屋さんお願いね」

困ったなあ、とわたしは思ったが、父母には話さぬことにした。そしてお腹の中で、この先生はあまり立派な人ではないなと思った。

写真が出来た。母が手にとってみて、おや、という表情でわたしを見た。わたしは、にっ、と笑った。

すぐに家庭訪問がはじまった。

「先生、こんどわたしのところですね」

文子ちゃんの家から出て来た先生を見上げて外で待っていたわたしが言った。先生は返事をしてくれなかった。わたしの家を素通りして先へ行く先生の横について、だまって歩いた。ほかの友人宅に入った先生を待つあいだ、走って帰って家で待っている母に言った。

「先生のご都合であとまわしよ。うちの順番になったら走ってくるからね、おかあちゃん坊やのご用していていい」

そしてまた走って先生が出てこられるのを待ちに行った。

昭和十一年の初夏のことだ、自由といえば赤い思想だった。そのくらいのことは、わたしもうすうす知っていた。だから宝物になったのだ。心で自慢していた。赤いからじゃない。世間では赤いというけれど、それはすばらしいことなのだ。うまく説明できないけれども自由とはうちのおとうちゃんとおかあちゃんのようなことなんだ。金さんのおじちゃんとおばちゃんのようなことなんだ。先生は自由はよくないと言ったけれど、あの先生は恋人がいらっしゃらないからそんなふうに言われるのだ。

わたしは先生を待ちつつとりとめなくそう思っていた。

先生が出て来て、「今日は行けません」と言って帰られた。

父が風呂の中や、畠に水をやりながら歌う唄は数多くない。「妻をめとらば才たけて、みめうるわしく……」というのや、「オールド・ブラック・ジョー」というのや、「都の西北早稲田の杜に……」というものだった。

「おとうちゃんの歌、下手ね」

母がかけるレコードの、関屋敏子のソプラノが、「歌えや君よ、いざ歌え、ああ、君歌え」と細く高くひびく。

「悲鳴あげてるみたいだなあ、おとうちゃんの方が上手だよ」

父が、「都の西北……」と、腕を振って歌う。わたしと妹は、「やっぱり下手くそよ」と言う。

「おれはおまえたちのような姫ごじょとは違うぞ。健一来い、おれたちはクマソだ」

父が弟を味方にしていばる。わたしたちは追っかけ、父は鬼の面をかぶって反撃した。

父が出勤のために靴を履こうとしている後姿に問うた。

「おとうちゃん、クマソって何?」

「古代の自由人だ。おれはクマソだぞ。和江みたいなお姫さんとは違うぞ」

父が笑いながらふりかえった。

「和江だってお姫さんとは違うよう」

わたしは不服だった。一寸法師に打出の小槌を振っている十二単衣の姫の絵が浮かんだ。わたしはお姫さんは好きではない。それよりも父が持っている美術全集に出ているヴィーナスが好きなのだ。なんにも着てなくて、風に吹かれて波の上からこちらを見ている。髪がさらりと動いて、西洋の絵の女の人は見ていると、どきどきしてくる。

わたしは自分もクマソだと言いたかったが、父のように言えない障害となるものが自分の内や外にあるのを感じた。

ある日、父の部屋で画集を見たあと、何げなく本箱の引出しを引いた。和紙を二つ折にしたものが幾枚かあった。上の一枚を開いてみると、筆の字で、中央上部に、命名和江と書いてあった。下の方にすこしちいさな字で、和はなごやかなるを望み、江は入江の静かで豊かなるを願う、とあった。あわてて閉めた。他人の秘密をのぞいたように恥じた。

わたしは子どもは両親の愛なしには生まれないものだと、思っていた。どの子をもそう思ったから、オモニが赤ん坊を腰のあたりに薄いちいさなふとんでくりつけているのを見ると、やっぱりあったかな気分になった。父と母が言い争うこともなく暮らしていたので、どこもこんなぐあいなのだと思っていた。そして、子どもは男女の愛なしには生まれないけれども、男も女も愛する人に出会う自由を持つのはむずかしいのだと思っていたのだった。

（三）

一組の親子がわたしたちを追い越して行った。月見山の下の道を。

「あ、さっきの子よ」

「かわいい……。眠ってるよ」

つい今しがた講堂で踊りを見せてくれた五歳ほどの子は、父親の背で眠っていた。くろぐろとしたオカッパの髪のアイヌ人の子だった。日本人形さながらの子を中にして壇上に上った父親は、濃いひげを整え、紺色のアツシを着ていた。母親は入墨をした口元を閉ざしたままでわたしたちを眺めた。そして父親が挨拶をし、母親とアイヌ語でアイヌの唄を歌った。太鼓も打った。女の子は両親の唄に合わせてお人形さんのように踊った。その親子がすたすたと行く。

「どこへ行かれるのですか」

その背に声をかけた。

「あの学校」

父親が月見山の高等小学校を指さした。

「そこでも踊られるのですか」

「そう。さっきはありがとう」

急ぎ足で行ってしまった。オカッパがゆらゆらした。母親は背中に太鼓と風呂敷包みを負っていた。

流れ流れて落ち行く先は

北はシベリヤ　南はジャバよ

いずこの土地を墓所と定め……

（後藤紫雲、宮島郁芳作詞）

こんな流行歌があった。郷里を流れ出た人びとは、ほんとうにシベリアからジャバまで、いや、もっと遠くオーストラリアや南米まで安住の地を求めて移動した。朝鮮で生活する者も出郷にかわりはないはずだが、わたしたちに流浪感はまるでなかった。

旧習の地を捨てて新しい日本で暮らしているのだというふんいきが大人にも子どもにもあった。そしてその社会のありようについて、目にみえぬ拮抗《きっこう》があったのだ。教室でのわたしと先生のように。

わたしは昭ちゃんと毎日行ったり来たりして遊んだり勉強したりした。昭ちゃんはほかの男の子のように戦争ごっこが好きでない。背のすらりとした子で、おかあさん似のちいさな口元をしている。休み時間は軍人の子が指揮官になって、「突撃！」なんて二組にわかれてやっているのを、昭ちゃんは肋木《ろくぼく》の上に登って眺めていることが多い。わたしはゴムとびをして女の子と遊ぶ。けれども、かごめかごめとか鬼ごっこは男女一緒に遊んだから昭ちゃんも輪になって、「後ろの正面だあれ」などやった。

昭ちゃんはほかの子より、すこしむずかしい話をする。それがわたしには面白い。

夏近くなった道を一緒に帰っていた時、わたしが考えたことのない質問をした。

「和ちゃん、女の子に一番大切なことってなんだと思う」

きらりと道の硝子のかけらが光った。返事に困った。

ある日先生から呼ばれた。

「級長と副級長だけで仲良くするものではありません。こそこそしているとおとうさんに話します」

「こそこそしていません。うちでも一緒に遊んでいます。昭ちゃんのおかあさんにもおたずねください」

わたしはきっとにくらしい目をしていたろうと思う。攻撃されれば元気になるのだ。

「女は従順でなければいけません。はい、と言いなさい」

わたしはとまどった。先生が銀ぶち眼鏡の中からいら立った視線を放っていたから。

「はい。わかりました。気をつけます」

わたしはていねいに礼をして教員室を出た。ととのった顔立ちの三十代の先生は、筒形のスカートをはいていた。ヒステリックになられると困るのだ。でも、昭ちゃんと遊べないのはいやだ、と思った。

母に話した。母がわたしを連れて、一、二年の時の受持ちの女教師宅に相談に行った。まだ若い先生が、そのおかあさんと一緒に話を聞いてくれた。母もわたしもお二人に会っていると心配が消えていった。

「こんなに素直なお子さん、そういませんよ、おとなしくて、しっかりしていて」

先生は上手に慰めてくれた。

「今まで通りにしていていいのですよ」

「そうですとも」とおかあさん。

帰り道で、母が、「ああよかった」と言った。

「おとうちゃんもきっと学校でたいへんね」

母が一人でつぶやいていた。

鳳山町小学校では四月十七日と、十月十七日頃の二回、全校生徒が整列して大邱神社に参拝した。四月は新入生を迎えた行事の一つだった。秋は神嘗祭《かんなめさい》にちなんでその日の前後に決めてあったのだろう。神嘗祭といっても若い人びとには耳なれないかもしれない。その年にとれた新米を、天皇が伊勢神宮に奉る祭りである。

大邱神社参拝の日は勉強がすくないのでわたしはよろこんだ。一年生を先頭に、全校生がぞろぞろと神社まで列を作って歩く。

大邱神社は遠かった。第一、第二小学校からは近いのでいいな、とこの時は思ったものだ。鳥居から玉砂利が敷いてある参道を歩いて、石段を登り、一年生から順番に拝礼して引き返す。大晦日にはあかあかとかがり火が燃えていた境内もがらんとしている。

大邱では七のつく日は西門市場の大市なので、帰路、市場の方からざわめきが伝わり、わたしたちが列を作って辿る道にも朝鮮服の人びとが右往左往した。

「ヨボがいっぱいね」

級友が言う。

「ほんとね。でも、うちのおとうさん、ヨボって言ってはいけないって言ったのよ」

「どうして？　うちのおとうさん、ヨボって言うよ」

さわがしいおしゃべりにこの会話ものみこまれた。ヨボということばを日本人は朝鮮人に対する蔑称ふうに使う。それは聞き苦しいのだ。朝鮮人どうしは、呼びかける時に、「ヨボ！」と言ったり、「ヨボセヨ」と言ったりしている。「もしもし」という日本語に似た呼びかけのことばだった。が、日本人は「ヨボは臭い！」などと使う。わたしは父が、「これからの日本は教員と警察官にちゃんとした考えの人が集まらないとたいへんなことになるんだよ。朝鮮人に対してヨボなんて言うお友だちがいたら、よくないことばだって教えてあげなさい」と言ったので心にとめていたのだった。

家の裏の空地の向こうは孔子廟だった。もっとも、空地から直接には行けない。鉄条網が張ってある。坂道を下って下の道を行かねばならない。わたしはいつか孔子廟の境内で遊んでいた時、廟の中はどんなになっているのだろうと、扉を押してかすかな隙間に顔を押しつけていた。と、背後から朝鮮語で叱りつけられた。白いひげのアブジだった。

「カラ！（帰れ）」とにらまれた。逃げ帰ってからはあまり行かない。

それから数日後のこと、わたしは一人で裏の空地の孔子廟に近いあたりでままごとの草を取っていた。大根に似ている白い根をした草があったのでそれを探していたのだ。

しゃがんでいたわたしが顔を上げると、鉄条網の所に女の子が立ってわたしを見ていた。目が合ってにっこりした。わたしは寄って行った。女の子が片手に握っていたものを二つ三つくれた。木の皮みたいだった。食べてごらん、と言うようにその子は一本口にくわえた。わたしもくわえた。すうっと空気が流れるような味だった。にっと二人して笑った。それからじゃんけんをして、勝ったら横に動いて遊んだ。鉄条網に沿って、向こうとこっちで。

孔子廟の横の朝鮮家屋から、大きな声がした。その子を呼んだのか、「ネェ」と返事をして、わたしをちょっと見てから走って行った。

次の日空地で待った。その子は出て来なかった。その次の日も。きっとあの家の子ではなくて、あそこに遊びに来ていたどこかの子だろうとわたしは思った。朝鮮人と接する機会はすくなかったし、二人で遊んだのは初めてだった。が、再び会うことはなかった。それから幾年か経って、あの木の皮の味は肉桂だったな、と知った。

あの子も三年生ぐらいだと思っていたが、学校には通っていなかったのだろう、日本語は話せなかったから。わたしたちは一言ものを言わずに、でも面白く遊んだのだった。

その空地の西側の雑木林の葉が落ちた頃だ。夕闇の中を林へ黒いものが駈けて行くのを見た。犬よりも細く大きく思えた。

「ヌクテが走ったよ！」

わたしは家に走り込んで叫んだ。

ヌクテというものを見たことはないが、山野にいる動物だったから。

母がのんびりと応答した。

「こんな町の中にヌクテはいないでしょ。狼の仲間じゃないの、ヌクテは。ね、ネエヤ、ヌクテは山にいるのでしょ」

「はい。ここにはいません」

「狼なの？」

「鶏をとって行くと年寄りが言うけど、わかりません」

「やっぱり見たことない？」

「はい」

「どんな動物かしら……」

夕食後のつくろいものをしていた母は首をかしげた。辞書にはヌクテは朝鮮狼と出ているが数はすくなくなっていたのだろう。

それから一両日後トイレの窓から、わたしは夕闇の中に少年の姿を見た。すばやく林へかき消えた。わたしの方を見たのだが、誰にも言わなかった。西側の雑木林の下は崖になっているのでわたしは近づくことはなかった。が、人が辿る道があるのか、時にオモニが登って来ることがあった。

これまで気づかなかったことが、「あれ！」と思うように目に入る。その一つに、登下校の折に通う田畠の中の道の、学校寄りの様子があった。わたしたちは畠中の旧道を通って行き、小学校の近くまで来ると脇道へ曲る。その脇道は瓦屋根の朝鮮人の住宅地の中を貫いていた。鉤の手になっている朝鮮家屋は、どの家も一軒ずつ高い塀に囲まれている。家々のあいだは人一人が歩けるほどの小道が曲りくねって奥へ入っている。わたしたち通行人が通う道路は、その家並を横切って、表のバス通りにつながるものだった。

この道には商店もあった。これまではその道は畠の中を歩くように気楽な道だったのに、この頃はわたしが歩くと、朝鮮人の男の子たちがいっせいに、ピイ！　と口笛を吹き鳴らす。「ボボするか、いやか」と言う。何をたずねているのかしら、と思った。その目は一様にいたずらっぽい。いつか「何？」とたずねて、どっとはやされたので、以後返事をしない。彼らは、両手で、ばしっと音をさせて、妙な手つきをして見せる。だんだんと苦になった。

登校する時は彼らもランドセルを背負って普通学校に行くので、気ぜわしいのだろう、ピイ！　と口笛ぐらいで行き過ぎる。両手を使って奇妙なしぐさでこぶしを突き出して行く子もいる。が、帰りは下校した彼らが道でメンコをしているのだ。一人で帰る時は閉口してしまう。

わたしは片倉製糸の前まで行って、廻り道をして帰ることにした。けれども男の子はどこにでもいた。朝鮮人の男の子は、学校のそばの子と同じように、どの子もやっぱりわたしを放っていてはくれなくなったのだ。

三年生も終りに近くなり授業時間がふえたので帰りはおそくなる。冬はもう西陽が傾く。近道がしたいわたしは、学校を出ると、その朝鮮家屋の中の通り道をうかがい、大丈夫と思うととびこんで走った。高い塀の中で彼らは夕ご飯を食べているだろう。中はまるでうかがえないが、時折、赤とか緑とかの窓枠がのぞいた。やれ、安心、あと一息と急ぎ足で辿っていると、細い露地から短いズボンの少年がとび出して来て、オメンコ！　とうれしそうに叫ぶ。時には家の中からオモニが金切り声で叱ったりした。

四年生になった。担任の先生もかわったが、昭ちゃんと別れた。男女別々の組になったのだ。心外だった。

内地の教育は一年生の時から男の子と女の子は別だと、聞かされた。古くさいと思った。四年生の教室は二階の向こうの方とこっちの方になった。授業内容も女の子は裁縫、男の子は工作が加わりそれぞれ特別教室へ行く。たまに廊下で会って立話をしていると、すれちがう男の子が、「男と女とマメオトコ」と言う。それでも下校してわたしたちは往来した。昭ちゃんはわたしの家が引っ越しをした直後にやって来て、「前の家の方がよかったよ」と言った。わたしは父母が、プールの季節が来ないうちに移ったのだろうと思っていた。陸軍官舎のプールのほうがにぎやかで、そこに入れないわたしたちはやっぱりさみしかったから。

ある夕方、父があわただしく帰って来て、すぐ外出の仕度をした。母はおろおろしながら何事か二人で話し合う。

「和江、ちょっといらっしゃい」

母が呼んだ。

「何？」

「昭ちゃんのおとうさんが亡くなられたの」

「どうして！」

わたしは二人を見た。

「急病で倒れられたの、お仕事で出張していらして」

「昭ちゃんどうするの」

父が、「今夜はおとうちゃんが会って来よう。和江はお葬式のあとで、元気を出すように慰めてあげなさい」と言った。

「今頃はおかあさんとお迎えに行ってらっしゃるでしょうね」

わたしはことばが出ない。

「道庁の人たちも大勢集まって今夜はお通夜だから、昭ちゃんも心強くしていますよ」

でも大人ばっかりじゃないの、と思う。返事ができなくて、つっ立っていると、母が、「おとうさんにかわって昭ちゃんはお家の柱になったの。そうでしょ」と言った。昭ちゃんが一家の柱となったと聞いて、かなしみが湧いた。美しいおかあさんもかわいそうだった。

葬儀は慶尚北道の道葬として手厚く行われたのではあるまいか。女子組になったわたしは参列出来なかった。ついこのあいだまでクラスメートだったのに、わたしの組では誰も昭ちゃんの突然の不幸を知らないのだった。

子どもは置いてきぼりで何もかもが終った。学校でなかなか昭ちゃんに会えないので、家にたずねて行って慰めようと、視学官官舎に出かけた。が、おかあさんも犬もいなくて、がらんとした家は次の専任者のために、掃除がしてあった。

第三章　王陵

（一）

七夕の夜、蘆溝橋《ろこうきょう》事件が起こった。

それは北京郊外の蘆溝橋で、鉄道警備中の日本軍にシナ兵が攻撃をしかけた、というものだった。日本軍はシナ兵を追い散らしているという。それまでも度々匪賊《ひぞく》との戦いが報道されていたので、似たようなものだろうと思った。昭和十二（一九三七）年の七月七日、わたしは四年生だった。蘆溝橋事件はこれまでの度重なるシナ兵の妨害を、徹底的にやっつけるのですこし長引く様子だ、とのことで、七月の二十日過ぎに、八十連隊も出征した。

軍旗を先頭に大勢の将兵が出征するのを、わたしら小学生も中央通りの朝鮮銀行の四つ角に全校生が整列して、見送った。日の丸の小旗をふり、万歳を叫ぶ中を、文子ちゃんのおとうさんも馬に乗って駅へ向かった。その他幾人もの友だちのおとうさんが出征し、第三小学校ではすぐに慰問文を書き慰問袋をこしらえて送った。

わたしに限らず多くの日本人は、蘆溝橋事件をよく起こる衝突の一つと考えただろうと思う。そしてその事件が匪賊相手のものではなく、蔣介石総統が統率する政府の軍隊とのたたかいだと知ってからも、鉄道沿線の治安をめぐる局地戦だと考えていたろう。日本人のほとんどの者は、短期間で戦火は収まると思った。蘆溝橋事件が日本の関東軍の挑発による意図的なものであった、と知ったのは、敗戦後のことになる。

当時の日本は、明治維新以来西欧の先進国の制度をとりいれて徴兵制を敷き、富国強兵を国是としながら国力をつけてきていた。日本男児は二十歳になると兵隊検査を受けて、合格すれば軍隊に入る。すべての男が軍隊の一員となり得ることに抵抗をしめした旧武士階級もいたわけだが、維新後わずか二十数年でその兵士の軍隊が清国軍を破り、台湾を領土とし、さらにロシアを破り、というように強力な武器となった時、国民皆兵制度は広く評価されるようになった。国民は戦争の不安を忘れ、その栄光しか知らぬ若者を育てていった。戦争の栄光は、戦争の讃美につながる。わたしのような子どもも、戦争を悪と思う余地のない気風の世に生きていた。友だちの男の子も、そして五歳になったわたしの弟も、「ぼくは軍人だいすきよ　今に大きくなったなら勲章つけて剣さげて……」と童謡を歌っていた。日清日露両戦争に参加した祖父たちの武勇伝は、村々のいろり端で生きていた。戦いで死ぬことは至上の名誉となっていた。

戦争は栄光ばかりでなく、具体的な利益をもたらすものだった。資本の蓄積は急速に伸びた。植民は新領土の支配層として流れ出た。シナと呼んでいた中国領土内に満洲国を作ってからは、北支、中支、南支の各地にも日本人は指導者として渡海し続けた。ヤンチュと呼んでいた人力車に乗るのは日本人で、ヤンチュを引いて走るのはシナ人だった。シナという呼称をわたしたちは中国大陸の民族総称の正式名だと思い、疑うことなく暮らした。そこは多民族の大陸で国土は統一されてないばかりか、西欧諸国の租借地があった。蔣介石総統は中華民国国民政府の統率者だが、国民政府に対立する人びとがいて内戦を続けていた。その対立する軍隊は独立をめざす革命軍であったのだが、八路軍と日本人は呼び、匪賊とかわりのない不平分子の集団だと軽んじていたのである。この巨大な大陸をシナと総称し、内実にうとく、戦えばすぐに勝つと思う心ばかりふくらませていた。

わたしたち子どもは戦争は敗けることもあるのだと考える力などない。八十連隊が出征したのでうきうきしていた。競技についた選手を見送ったように。

「文子ちゃん、おとうさんはどこに行かれたの」

「北支よ。八十連隊はみんな北支よ」

わたしたちは第三小学校が特別に注文してデザインを決めたコットンの白いワンピースの夏の制服を着て、エンジ色のネクタイをつけ、出征将校の子弟校を誇る気分で登下校した。連日のように戦勝のしらせが入った。慰問袋の礼状がとどいた。教室に喚声があがる。

大日本帝国の栄光を子ども心に味わった。この世のはじまりからずっとこうであったと感じた。わたしたちはわいわいと占領地の拡大について話し合った。わたしは夏の陽射しが草叢にゆらめきのぼるように、心をゆらめかしながら、将校の子どもたちが大声で交わす占領地の情報に心を浮き立たせた。

こうしたわたしたちに、兵隊の苦労をしのばせる意味で、八十連隊から軍服の修理がどっさり届いた。夏休みの数日を四年生も登校してボタンつけとかボタンホールのかがり縫いをした。軍服はよく洗ってあるのに、汗臭かった。上級生がミシン室で補修をした。

負傷兵の話もぽつぽつ耳にする。

ここはお国を何百里

離れて遠き満洲の
赤い夕日に照らされて
友は野末の石の下
（真下飛泉作詞）

軍歌でしのぶ戦場は広い山野である。わたしは戦争が人の住む町でたたかわれるなど思いもしない。連戦連勝のしらせが新聞ラジオを活気づけた。そして十二月、敵の首都南京が陥落した。全国で昼は旗行列、夜は提灯行列があった。わたしは師範学校主催のシナ事変に関する児童画展に、千人針と提灯行列を出品し、どちらも入選した。この年もその前年も福岡日日新聞社主催の、西日本・朝鮮児童スケッチ展があり、子どもの世界も朝鮮は西日本文化圏にふくまれているのを感じさせ、戦争とともに朝鮮は西日本のみならず日本内地の前衛的な気分になるのだった。

ところが、蔣介石が南京を捨てて重慶に政府を移して、徹底抗戦のかまえに入ったと報道があって以降、子ども心にも戦局がぱたりと進展しなくなったのを感じた。男子たちが、蔣介石の首をちょん切る遊びをする。日独伊三国防共協定をわたしたちはスポーツ協定めいてたのしげに話し合ったものだが、それが次第に心だのみになるような、戦局である。正月が明け、雪遊びが面白い真冬も進展がない。

こんな心弾まない昭和十三（一九三八）年の早春の頃、朝鮮・台湾など植民地の青年を対象に、兵力増強が計られていたのだが、わたしはまだ知らなかった。冬景色とかストーブの絵を描いて遊んでいた。それは冬休み明けの、川の氷もゆるみそうな晴れた日のことだった。客間から声が洩れて、「四十歳そこそこで校長など……」と客が母に挨拶した。なんのことかなと一瞬思ったがすぐに忘れた。母は気ぜわしげになった。親しくしている宮原のおばさんと何やら相談している。二人でふとんを縫い出した。二、三日のあいだ母たちは女学生どうしのようにひそひそと話しては、姉さんかぶりで真綿を引き合う。その二人が、日当りのいい障子を背に影絵のように動いていた。

弟が服をネエヤに着がえさせてもらっていた日曜日のこと、父が、「ちょっと話があるからみんなおいで」と言った。

「ぼくスケートに連れてってもらうの」

「すぐすむから待っていただきなさい。

健一は鳳山町小学校に入学するのをたのしみにしているけれど、こんどおとうちゃんの仕事でよその町に行くことになったよ」

「どこに！」

わたしたちはすぐに父のもとに集まった。

「慶州」

「どうするの、ぼく」

「おねえちゃんたちと同じ学校に行けるよ。和江も節子も学校がかわるのはいやだろうけれど、がまんしてくれないか」

「転校！」

わたしたちはざわついた。「転校なんていやあよ」などと言ったが、やがて「いいよ、平気よ」と落着いた。

「慶州中学校は今から出来る中学校でまだ校舎もないんだよ。おとうちゃんはそこの校長先生」

「学校がないのに、どうして校長先生？」

弟が聞いた。

「慶州は朝鮮が昔新羅と言っていた頃の都だ。内地の奈良のように古い都。そこに李圭寅さんという立派なお年寄りがおられる。慶州李氏といって、平氏とか源氏とかというのと同じ、古くからの名門氏族がある。そのお一人だ。そのおじいさんが李氏一門の学校を建てようとなさった」

「ご自分たち一門の学校をですか」

母が驚いた。

「そうだ。以前は書堂とか書院とかといって、一門の子弟を教育する寺小屋ふうの学校をヤンバンたちは持っていた。が、子弟教育をより広い教育の場にと考えられたんだ。それが慶州中学の基礎になったんだよ」

ふうん、とわたしたちは言った。

「李さんは秀峯という雅号を持った教養のある方だ。李秀峯さんが校主の私立学校をようやく総督府が許可した。おとうちゃんは李さんのお手伝いをして県庁や総督府に何度も行った。公立並の中学とするように」

「そうなりましたのですか」

「まあやってみろ、と言うことになった。校主が李秀峯さん、理事長がその子息の李採雨さん、そしてぼくに校長をやれとのことで、朝鮮人も内地人も通学する公立中学校として発足することになった」

「そうですか……」

「愛子に頼みがある」

「はい」

母が手を膝に揃えた。

「自宅にも人がたずねてみえるだろう。校舎の建設も今からだし。ぼくの留守中にどんなお人がみえても物品を受け取らないでくれ」

「はい」

母は父より九歳年下だった。

「慶州はいい所だぞ。朝鮮人は誇り高く、そして地道な人びとが多い。伝統のある町におとうちゃんはいい学校を作りたい」

弟は父の同僚の先生に連れられてスケートに行った。

この年はわたしたち家族にとって飛躍的な年になったとのちになって思った。が、実は日本の国にとっても大きな曲り角に来ていたことになる。この四月に、政府は朝鮮人青少年に対して、志願兵制度を敷いた。それまでも朝鮮人の中等学校以上の学校に現役将校が配属されている所もあった。が、それは思想統制のためだった。併合によって朝鮮人も日本国民だと定めてはいたが、政府は軍隊・官僚をはじめとして、権力の周辺はもとより、社会的な活動の場に朝鮮人をいれなかった。それに対して日本人と同様に、あらゆる場の門戸の開放をはかるべきだ、との要望が朝鮮人から絶え間なく出されていた。その重なる運動ののちに、下級警察官にごく少人数を採用したばかりで、日本の諸制度は朝鮮人の進出をおさえ続けていたのだった。

その最大の口実は、国語ができないから、というものであった。けれども中学五年を卒業し、高校・大学と極端に狭い進学の道をくぐりぬけた朝鮮人の若者は、日本語はおろか、世界に対する認識力も優れていた。それでも日本社会は開放的ではなかった。

けれども戦争が好転しない日本にとって、情況は深刻なものになっていたのだ。わたしはずっとのちになって、昭和十三年の朝鮮に於ける教育行政の変化を、日本の負けいくさに重ねて思うようになった。この年幾度目かの朝鮮教育令が出されて、朝鮮の日本人・朝鮮人の教育に変化が生じている。これまで朝鮮人とは別学だった小中学校の制度の一端がゆるみ、共学の学校が生まれていることだ。その数はまだわずかだが、しかし、それは、朝鮮人青少年の志願兵制度の施行と並行している。慶州中学の私立認可が公立としての発足へと移っていったのも、それは門戸の平等を願う人びとの願いとはまた別の意図が、政治・軍事的に働いた結果と思う。

この年、朝鮮人小中学校の呼称もかわった。小学校は普通学校、中学校は高等普通学校と言っていたのが、いずれも日本人の学校と同じように小学校・中学校と呼ぶこととなった。大邱高等普通学校は慶北中学校と校名がかわったのだった。父は校名のかわったその中学校と別れて大邱府を発った。こうして校主・理事長が慶州李氏であり、校長に森崎庫次が任ぜられて五年制の慶州中学校が発足した。

この共学体制がやがて共兵体制へと坂道を落下していくことになるのだが、シナ大陸に低迷している戦争の収拾を願うわたしたちは、植民地という政治体制は不変のものと思い、共学は真理の共有へ通ずるものだと努力しようとしたのだった。

李秀峯氏はわたしたちが慶州に移る前後に亡くなられたように思う。わたしはお目にかかる折を持たなかった。そしてその子息の採雨氏とは同じ村の住民のようにしばしば会ったたし、また行楽の伴をした。海釣りにも連れて行ってもらい、舟の中で釣り上げた魚を食べてよろこんだ。採雨氏の子息たちもやがて中学へ進学した。李採雨さんは背広の着こなしも鮮やかな近代的紳士だった。癇癖も強そうな四十歳前後で背が高い。初めて会った時、この方は父を警戒しておられると思った。他の人には見られぬ対立的なまなざしに、李氏一族のおさえかねる思いを感じた。

父はわたしたちとの雑談で、しばしば創立者の理想はおとうちゃんの理想と通うと言ったから、私学の理念が残っていることを日本人も入学する共学体制の中で生かすことを、わが志としたろう。が、それは日本人からみた共学の理想であり、朝鮮人にとってみればそもそも植民地主義自体が敵なのだが。ともあれ、当時の朝鮮では、朝鮮人の主体性を尊重した共学体制など、たやすいものではないことを、学内のことよりも学外の日本人との対応に苦慮する父にわたしはまざまざと見るようになった。両者の平等とか公平とかという理念は、一般の日本人にはみられないのが普通だった。わたしは小学校の高学年になるに従って、日本人の朝鮮人蔑視の強烈さを知るようになった。ことに、自由放任と書いてくれた家庭のしつけを読んだ受持ちの女教師によって、そのことを知らされた。「ヨボ学校の先生の子だからね！」なるほど世の中はこうなのかと知ったようなものだったが、わたしは父母の生き方が好きだったから、ヨボと言う人は心が汚れているのだと思っていた。

しかし、父や理事長の理念がどこにあったにせよ、それは、徐州徐州と人馬は進む、と哀しい旋律で歌う庶民の感情もろとも、まるごと内鮮一体をスローガンとする激戦体制にほんろうされていく歳月だったといえる。そしてその中で、わたしもまた、今までにない密度の濃く重い世界が浸透してくるのを感じ出した。

父の転任の日、わたしら姉妹はセーラー服に揃いの草色の帽子をかぶった。弟は紺色の半ズボンの小学生用の服だった。質実にせよと父が言ったので、この服装に決めた。母はヘアアイロンで髪をととのえ、淡い色調の付下げのきものに袋帯をして伏目がちにしていた。

この時の転校は、わたし個人にとっては思いがけない視野の展開をもたらしたと、転地して感ずるようになった。五年生にふさわしい環境を与えられたということだったろう。戦争も親の世界も遠いことのように思うほど、わたしは慶州に魅せられ出した。それに、ありがたいことに慶州小学校はちいさな学校だったので、わたしのクラスは男の子も女の子もごっちゃの四十余名であった。男女別教育へのうつうつした気分は消え果てた。担任の山元三嘉先生は情熱あふれる二十二、三歳の独身教師だった。クラスメートも魅力があった。野性的だ。鼻水を出した子を初めて見た。服の袖口で鼻をこするので、そこが固くなり光っている。慶州よりももっと田舎で育った子もいて、小学校入学まで朝鮮語で遊んでいたとのことだった。その子が、朝鮮語の数のかぞえ方を、ハナ、トゥ、セッ、ネッ、タソ、ヨソ、イルゴ、ヨドル、アホ、というぐあいに教えてくれる。女の子は幼稚園ふうの黒いスモックを私服の上に着ている子が多い。制服のようだった。そのせいかどの子も親の職業が匂わなくて、無邪気にたわむれ合う。鳳山町小学校のふんいきを持つ子は男の子の節《せつ》ちゃん、女の子の優美《ゆみ》ちゃんくらいで、節朗くんはおかあさんが勉強ばっかりさせるんだよ、と、男の子がからかうのを受け流す。ここでもやはり腕力の強いのが大将だった。よく見ると無邪気な子ばかりではない。子どもながら無頼の徒がいる。親分子分がいる。一匹狼もいて、その子はドスがきいていた。わたしは転入直後、一人で帰っている時に折りたたみナイフを突きつけられ、溝に片足落ちたままでにらみ合いをした。じっとその目を見ていると、ナイフを畳んで去って行った。とにかく多種多彩である。

山元先生は四年の時からの持ち上がりなのか、どの子もたいそうなじんでいる。雨の日は子どもたちは先生の机に寄って行き、膝に乗ったり髪を引っぱったり、白墨で腕に落書きしたりしている。男の子は先生の背中にまで乗った。が、授業中の先生はおそろしい。何しろムチでたたく。たたいた数だけ、自分の腕を生徒にたたかせたから、腕はまっ赤になった。

少年小説を雨の日などに読んでくれた。わたしは目をつむって聞きながら感涙を流した。安心して学校に本を持参して暇をみつけて読んだ。本虫と先生からあだ名をつけられ、本を開くと、「本虫、外で遊べ」と追われるようになった。

体操の時間も愉快で、ラグビーをした。すこしぐらい寒くとも体操服に着替え、腕も脚も出して木枯し吹く校庭でぶつかり合った。スクラムもタックルも力のある限りやる。ちょっとすねている一匹狼くんも、この時はすねることを忘れてしまう。親分も子分からやられてしまう。戦争ごっこが下手な節ちゃんは、タックルも上手ではなかった。わたしも誰かにとびつき振りまわされ、靴がからだごととんだ。実にたのしくて、休み時間になると、先生ラグビーしようよ、と、寄って行ってみんなでさわぐ。

男女別の授業などはないので、わたしも裁縫のかわりに、農業で肥料桶をかつがせられた。

「森崎！　よろよろするな！　田舎香水がかかるぞ！」

友人は上手だった。ことに袖口を光らせた男の子など率先して指図した。ひしゃくで便所の汲取りもする。わたしも上手にうんこやおしっこをすくって桶にいれるようになった。その桶を天秤棒で担って、ゆるい坂道も歩けるようになった。人並にできるようになったうれしさが、土にしみていく肥料のように作業時間をたのしくさせた。堆肥も作った。農園の片隅に草を積み、肥料をかけて、また草や土をかけて、そして先生がシートをかぶせた。わたしは断然山元先生が好きになった。尊敬した。わたしも先生の膝に乗ったり、無精ひげに頬ずりしたりすることが出来た。

「先生のおひげ、たわしみたい。剃らないとお嫁さんが来ないよ」

先生は下宿していた。下宿にも級友たちはたむろしていた。わたしは時々居残りをさせられ、節ちゃんと一緒に三色刷りのプリントをこしらえた。先生自作の唱歌を書いたプリントにカットをいれて刷った。

わたしは得難い先生を得て、勉強がたのしくなり、毎朝やらせられる目測など百発百中という調子になった。きっと男女別教育や自由は悪だという考えに抵抗していた気分の反動だろう、われながら落着いてのびのびしているなと思うようになった。目測とは、計量器なしに、長さや面積や重さを言い当てることで、先生曰く。

「ものさしや秤《はかり》を持って生きてるわけじゃないぞ。とっさの判断が大事だ。その基礎が出来ると一生の得だぞ。おまえら、鉄砲の玉を避ける時、走って行って計ってから逃げるか?」

そうだそうだと思って、目測を意識するようになった。わたしにとってちいさな慶州小学校は、心をゆだねるに足る何よりの学園だった。

この学校へ通うわたしの住いが、かわっていて、妹も弟もこれまでにない遊びを家の中に発見していた。わたしたち家族のために李さんが用意してくれた家である。ヤンバンの家に、畳などをいれて改造したのだろう、瓦葺きで建っていた。その家のまわりは朝鮮人の瓦葺きの住いで、細道をへだててしんとした邸があった。

わたしたちの住いは、門を入ると砂利の小道が床の高い客間へ向かう。広い客間に広縁がついている。床下が高いので妹たちは縁の下をひそかにままごとの家にした。正面を使うと、叱られるので、萩の花がゆれる東側の床下で、ままごとの客を招く。

母屋と客間とは鉤型に廊下で結ばれていて、畳の部屋が二つ。その母屋と並んでやや低く、温突《オンドル》部屋があった。温突は、石造りの煙道が床下にしつらえてある。冬は焚口で薪を燃やす。煙道を通った炎と煙で石があたたまり部屋は床下全体からほかほかしてくる。夏はひんやりとして心地よい。湿気のない朝鮮での伝統的な造りである。温突の部屋に続いて台所だった。ここにポンプがあった。両手でポンプの取っ手を持ってぎっこぎっこと上下に動かすと、ざぶんざぶんと水が出る。水は水槽に溜まる。台所は板敷である。

裏庭に井戸があり、井戸には屋根があった。近くに物置小屋。物置小屋と並んでコンクリートの低い、やや広めの物置台がある。

「この上に朝鮮漬のかめをいくつも並べるのよ、ヤンバンサラムは」

母が説明した。ここは弟のメンコ打ち場になった。

客間の前の花壇には、牡丹《ぼたん》・芍薬《しゃくやく》の大きな株がいくつもあり、塀に沿って竹がゆれていた。風呂場が母屋の裏手にあって、廊下から二、三段の木の踏み台を降りて行くようになっていた。ここをわたしたちは跳びっこして遊んだ。

全体的に手入れよく住んでいた感じがただよっていた。わたしたちは客間の広縁のそばで赤紫の花をそよがす萩を好んだ。いかにも朝鮮にふさわしく思われる。妹がその花をままごとの皿に盛る。

この家でわたしが一番好きだったのは庭をとりまいている土塀だった。土がしっかり固まっていて、川原の丸い石をのぞかせている。石は行儀よく幾段にも並んでいる。土塀の上には瓦の屋根が乗っていていてしっくいでとめてある。その塀は高いので外から家の中はうかがえないが、セメントの塀のように無愛想ではないし、板塀のように貧相でもない。レンガ塀の気取りもない。そして土ばかりの心細さもない。ほどよいやさしさと威厳とで外界をさえぎり、ぐるりととりまいている。土塀は新しいものではなかった。裏手にいけば塀の中の石の数もすくなくなって、土はこぼれやすげに見えた。

門の前は細い道で、奥の邸に通うだけである。チマチョゴリを着たわたしたちほどの女の子が邸から出て来て通る。知らん顔をして。

「きれいな人ね」

妹とささやいた。

わたしたちの借家の、門の前にある土塀もその少女の家なのか、いつも静かである。時々少女の家で働くオモニの子が、わたしの家の門のところに佇《たたず》んでいた。三つくらいの男の子だった。

慶州は慶州郡慶州邑といった。郡庁があるが人口は三万ほどではあるまいか、昭和七（一九三二）年当時は朝鮮人一万六千五百余人、日本人八百四十余人、中国人ほかの外国人が三十余人と記録にある。静かな村だったのだ。が、慶州小学校も、大邱地方法院支庁も警察署も、郵便局も、産業組合、博物館、医院も当時からあり、日本人の商店が旧城内と城外に並び、市街の道路は古都を思わせるように縦横に整然とした条里制の名残りがあった。当時の駅は城外の鳳凰台と呼ぶ古墳のそばだが、わたしが転居した時は新駅が屋根を寺院のように反らせて市街の東側に移っていた。

今日、韓国の都市慶州《キョンジュ》は観光地として繁栄している。人口およそ十四万の地方都市で、観光の対象はもとより新羅時代の遺跡である。修学旅行の学生や家族連れが集まる。韓国旅行に行く日本人もこの地を訪れる。植民地時代の面影はない。わたしはほっとする。けれども韓国の人びとは今後も忘れはしないのだ、古都慶州が一時期、日本人植民によって汚されたことを。わたしもまたそれを忘れ去ることはないだろう。

新羅は、古代に於いて朝鮮半島を初めて統一した国である。万葉集にもその新羅の国へ向かった日本人使節の一行が詠んだ歌が収めてある。その中の一つに、

竹敷《たかしき》のもみぢをみれば吾妹子《わぎもこ》が待たむと言ひし時ぞ来にける

とある。

もみじの頃には帰るぞ、と言って出郷したのに、その時が来ても帰れぬ遠い国だったのだ。

わたしには万葉人が訪れた当時の都が、まだ慶州の人びとから匂うように思えた。そう感じてしまうほどの奥深さを慶州中学の関係者たちは、大人も少年もただよわせていた。

慶州へ移ってすこしたった若葉の頃、家族連れで武烈王陵へ散歩に行った。畠を通ったり家並を過ぎたりして市街を西に出はずれる。この町の畠には小石が散るように新羅瓦が散乱している。子どもたちもめずらしがらない。西へ出ると西川が流れている。橋を渡って大邱行きの汽車と並行した広い道を行く。大邱と慶州を結ぶ道である。ポプラ並木の両側にいくつも古墳がある。途中から丘に登る。そして慶州平野を一望する丘陵地に、小山のように大きな古墳が芝生におおわれて静もっているのを見る。あたりは松林である。人びとの姿はない。武烈王陵だった。その丸い頂の草に寝てもゆるされそうな空との調和が、なんともやさしくて、武烈王の死後千二百年あまりになる年月がそのあたりをくるむように思えた。

王陵の前の芝草の中に巨大な海亀の石像が、ぐっと首をもたげていた。わたしの背の高さほどに。

「見てごらん、亀さんの首の所。石の色がうす赤いだろ。昔の人は偉大だよ、この亀はたった一個の大岩からできてるけど、ちょうど顎の下にあの色がにじむように仕上げたんだね」

父が撫でた。わたしたちも真似をした。亀は大きくて甲羅にまたがることは出来そうにない。

「この亀は王さまのお守りかしら」と母が眺める。

「石碑を背中に乗せていたんだよ」

「この上にですか」

ゆったりとひろがる甲羅の中央には、竜を浮彫りにした石の台座がある。王の名を記した碑はその上に乗っていたのだという。わたしたちは王陵に礼拝した。父が陵を見ながら話す。

「武烈王は名を金春秋といった。若い頃は日本にも唐にも使節として出た人だ。百済・高句麗を平定して朝鮮半島を統一したえらい王だよ。家臣に金庾信という武将がいる。その頃の日本はね、百済のくにと親しくしていたんだ。だから新羅が百済と戦った時は武烈王も金庾信も日本軍とも戦った。そして半島千年のいしずえとなった」

「いしずえって何」

弟が言った。

「縁の下の力持ち。お家だって基礎がしっかりしていないと風が吹いたら倒れるよ」

雑草の中に白いたんぽぽが咲いていた。クローバーも。妹とクローバーの花を摘んで首飾りを作る。

「ひろびろしてますねえ……」

「まっすぐ正面に煙っている山があるだろ。吐含山《とがんざん》だ。吐含山からは晴れた日は日本海が見えるそうだ。その山に石窟庵がある。例の大きな石仏だ。吐含山の麓が仏国寺だからね、新羅時代はこの平野に延々と仏国寺まで都が続いていたそうだ」

「惜しいわねえ、そんなに大きな都……」

「慶州中学の校舎を建設中の所はちょうど宮殿の中央あたりじゃないかという話だよ。ここから市街を越して、あまりはっきりは見えないけど、わかるかな、雁鴨池《がんかものいけ》の方角だ」

どこどこ、と、わたしたちも父が指さす方を見た。母は日傘をさしていた。

徐州はようやく陥落して、そして戦争はそろそろ終るかと思うのに、中支・南支へと兵隊が出征し、だんだん占領の報告が間遠くなる。が、慶州には兵営がないので徐州が落ちてからのちは、わたしはあまり気にしなくなった。

五陵に行った。

それは慶州郊外を南へ歩き、汶川《ぶんせん》が西川と合流するあたりに、芝におおわれた王陵が五つある所だった。緑の小山が寄りそうように松の林に囲まれているだけである。ただそれだけなのに、わたしは体に電流が走るように、心打たれ、しんとなった。王と王妃の声を聞くかに思った。慶州といえばこの日の静寂がよみがえり、わたしに感慨が湧く。

わたしら家族の散策は特別の予定もなく、暇をみてはぶらりと出る。五陵の先を南山の裏手あたりにまわって鮑石亭跡《ほうせきてい》にも行った。これはわたしには心ひびくものが乏しい、宮殿の遊びの庭だった。曲水の宴を行う所で、盃を浮かべた水が流れるというその人工の水流の、規模の狭さがつまらなかった。盃が流れつくまでに詩文を一つ作るのである。

鶏林《けいりん》に初めて行ったのは初秋であった。落葉樹林の枝々が太々と曲って空でからんでいた。土塀で囲まれたちいさな廟があった。梢を洩れる光の中を歩きながら父が話した。

「この林から鶏がしきりに鳴くのが聞こえたんだ。おかしいな、と、昔々、村の人たちが見に来た。すると、木の枝にきらきら光るものがあった。なんだと思う？」

「何かしら」

「金の箱」

「金の箱だったの」

「その下で白い鶏が鳴いていたんだって」

「それがここの林なのよねえ」

その日も母は日傘をさしていた。弟が林の中を走る。

「金の箱を村びとがあけた。すると、中に男の子がいた」

「ふうん」

「その子が王さまになったんだよ。新羅の一番初めの王さまの神話だ」

話を聞きながら歩く林は香気に満ちた。

遺跡は畠の中や野や山に素裸のままあった。仏国寺の石窟庵さえ山頂にぽつりとしていて、山道は細く拓いただけであり、古代の時間がただよいながら残っているかに思われた。年代を経ている石仏や石造物を見ていると、その美しさにぼうとしてしまう。わたしは石窟庵の大仏よりも壁のレリーフの仏像を好ましく思った。たいへん優美に思い、夢にもみた。古都に幾代も暮らしている人びとは、男の子も大邱の町の子のようにわたしをからかうことがない。住みついた日本人の軽薄さが目立つほどの気風があった。が、わたしにはこの古都の人びとが、今の情況を新羅の滅亡と重ねて考えているだろうと想像する力はなかった。

父に連れられて博物館に行き、館長の大坂金太郎先生に会った。もう六十余りのお方だった。朝鮮人の小学校に長いこと勤めておられたとのことだった。それは日韓併合の以前からである。日露戦争の開始前の北海道で、青年大坂金太郎はロシアの朝鮮半島への侵入を憂い、朝鮮語の勉強をし、ロシアと朝鮮の国境へ渡って行ったという。わたしには想像しがたい明治中期の、まだ国力の定まらぬ日本と、そして朝鮮とが、大坂先生の記憶の中にはつまっていた。ロシアの軍隊が駐留していた北部朝鮮の国境の町に、北海道に住む青年が渡って行く話は、当時の北海道が海の向こうのロシアを、心から恐怖していたことをわたしに知らせた。ずっとのちのこと、同じようにロシアの南下に敏感な九州の大陸浪人の面々が、併合前の朝鮮半島を往来し、新ロ派の朝鮮人に対応して親日派の朝鮮人と接触しつつ、ついには日韓併合の推進役を果す結果となっているのを知った。

父は大坂先生と椅子に掛けたままでしばし話していた。わたしは二人の会話が興味の枠をはずれていったので、一人で館内の出土品を見て歩いた。ケースの中には数多い瓦とか壺とか、そして金冠とか玉飾りとかが並んでいた。

わたしが博物館の庭に出た時、先生が父とともに近づいて来て、そこに保存してある鐘の伝説を話してくださった。それは、昔鐘を作る時に幾度作ってもいい音色のものが出来なくて、とうとう幼女を人柱にたてた話だった。鐘に浮彫りにしてある一対の天女が、その子に思えた。鐘を鳴らしてくださった。音は余韻を長く引いた。消えるかと思う頃ゆるくうねってふくらみ、幼女がむせび泣いてでもいるように共鳴する。朝鮮の人びとはその音色を、母を呼ぶ声に聞こえる、と言っているとのことであった。

　博物館を辞去する時、先生は著書『慶州の伝説』をわたしにくださった。「大切になさい」と父が言った。のちに内地に留学する時持参し、敗戦後も持ち歩いた書物である。

　友だちと大坂先生の住いのそばを通っていた時、友人が言った。

「この家の人、変人よ。朝鮮人が好きなの、日本人よりも。朝鮮人の味方をするのよ。オモニを集めて、字を教えたり裁縫教えたりして自分も朝鮮服着るのよ。だからね、日本人たちはつきあわんようにしてるの。うちのおとうさんたちはつきあわんのよ」

「そうお」

　わたしは大人になったら大坂先生のような学者になりたいと思った。

（二）

一日おきに市が立ち、大市と小市が交互にある。大市は近郊の村々からも売買の人びとが集まる。わたしたちが通学する道にも市場からあふれた飴屋《あめや》が鋏《はさみ》をがちゃがちゃさせながら立売りをする。

その市を朝鮮市と言った。

母と連れ立って行き、飴を買った。立売りの飴屋は、首からさげている箱に粉を敷きつめ、白い飴やくるみやごまなどをいれた飴をきちんと並べている。「ハナ、チュッソ（ひとつください）」と言うと、箱をおおっている布をのけて選ばせた。薄い板状の飴のほかに、むぞうさに切った切り飴もあった。

市の中は沸き返っていた。幾筋にも厚い布で屋根が張ってあり、その下に背中あわせの店が並ぶ。地面に筵を敷いて唐辛子を売る人、干しなつめや薬草を売っている人、塩、栗、大根、りんご、干柿、あわび、さざえ、塩辛、海草、牛肉その他さまざまな品が売られる。牛の背や荷車、チゲ、あるいはオモニたちの頭上に乗せて運んで来たのだ。大声で取引きをする。穀類は枡《ます》で山盛りに計り、その他の品はチキリにかける。

分銅つきの手提げ秤である。店の前にうずくまって品定めをしている女のチマが地面にくっつく。その背をまたいで行く男、食べ物屋のテントの中に腰掛けてサバルによそったご飯を食べる客。びっくりしたのは大鍋の中でぐらぐら煮えていた豚の頭だ。湯気の向こうでオモニが勇ましく立働く。チマがじゃまにならぬよう、細紐で腰をぎゅっと締めて。チョゴリの下のふくらみが紐のおかげで二段腹のようになる。

塗膳屋は食事用の脚付膳を高く積んでいる。朝鮮人の食事は昔の日本人と同じように一人ずつのお膳なので、客は五つ六つと買って行く。土瓶敷によく似た藁の敷物もあった。女たちの頭上運搬用の敷物だった。これを頭に乗せてから荷を乗せる。竹製品も多い。持ち手のついた縦長い三角のざるも売っていた。これに米をいれて小川の水流の中で洗う。米にまざっているごみをとっているのだと聞いた。

それからヨガンも売っていた。丸い陶器の壺である。まっ白や、青い色で絵が描いてあるのや、淡いピンクの物などが数個ずつ藁でしばって積んである。登校の時に小川で毎朝女たちがそれを洗っていた。藁束に灰をつけて、しゃっしゃっと磨いてぴかぴかに光らせる。川水にひたしたましゃべっている女たちが、光った壺を持って立ち上がると、雫が朝陽の中をぽとぽと落ちた。

「きれいね。キムチをいれるのでしょうね」

友人にそう言って笑われた。

「ヨガンよ、あれ」

「ヨガンて?」

「おしっこするのよ。夜、部屋の中に置いといて、おしっこするの」

昔の西洋のお城の話とそっくりだと思った。

一日おきの市は町の暮らしのリズムになっていた。大邱の市はこの何倍もあると聞いたが見たことがなかったので、市はここが始めてである。わたしは妹たちと母について度々出かけた。母も面白いのか、ゆっくり見て廻る。何かを見つけて、「オルマ?」とたずねる。そして「おお、ピサよ」と言う。「ピサって何?」「高いってこと」きっとここで覚えたのだ。日本人は普通は町の商店の品を利用した。大市でも売っていない品がいろいろあるから。味噌や醤油も朝鮮のそれとすこし違うし、茶碗もさじも反物も履物も違っているから。が、市はたのしい。

秋夕《チュソク》という祖先祭は日本人のお盆と同じだ。その日が近くなると市の中はごったがえす。お供えの品々がとぶように売れる。正月が近づくと反物屋の前に女客が群れた。反物屋は市場の奥に数店並んでいて、店は色とりどりの反物の壁である。赤・黄・緑等々は淡い色から濃いものまで実に多様で、女たちは色の組合わせを思案する。

ふだんの日は白い服か濃い色のチマを身につけていることが多いが、晴着は男女ともに華やかである。反物屋にあれこれ出させている。子ども物は朱のチマにグリーンのチョゴリなど。娘や若い主婦はチマチョゴリを淡い色の一色にして、飾り襟や袖口、胸のリボンを別色としている。模様のない色を組合わせるのだ。反物はどれも単色で鮮やかだが、組合わせるとしっとりとした趣となるのを、女たちは好んでいる。年の暮れの風が反物屋のテントにも、ひろげた反物にもはたはたと吹く。選んでいるオモニたちのゆれるチマを、わたしは離れた所から眺める。母が何か買物をしている時。

冬はツルマギを着た男が多くなる。着丈の長いコートである。春秋には白い単衣のツルマギだが、木枯しともなれば黒、焦茶、鉄色、灰色などが目立つ。老人用は薄く真綿がいれてある。少年の中にも黒のツルマギを着ている子がいて、白い襟をつけて正装用晴着用である。女たちも年配の人はツルマギを羽織る。ベージュ、グレーが好まれているようだ。

ツルマギ姿の男たちは手に長いキセルを持って、足元に白いポソンを光らせつつゆったりと歩いて行く。ポソンは布で縫った靴下。ツルマギは働き着ではないから、市場にはこの姿の人はあまり来ない。働き着は綿入れのチョゴリとパジだったり、その上から綿の入った胴着を着る。ポケットがいくつもついていた。

大市の日は夕方までにぎわうので、下校の時に樹かげでしゃべり合っているアブジたちに会う。顔を赤く染めて三々五々と談笑していて、朝鮮人はほんとうにゆうゆうと暮らすのだなあと思う。スリチビに寄ってマッカリをサバルになみなみとついで飲んだ人たちだ。三、四人でチョッタチョッタと踊っている。夏も冬も。スリチビは飲み屋のこと、マッカリは濁酒のことといつしかわたしも知った。踊っているアブジのそばでは木につないでいた牛の手綱を解いている人、牛車をがたがたと動かしている人、長い太った太刀魚の頭と尾を結びあわせて輪にして、チゲにぶらさげている人などがいる。そのかたわらを頭上に荷を乗せ、「何をぐずぐずしてるの！」と言ってる風情でオモニがどなって行く。ゴムシンに入った砂をぱたぱたと爪先を動かして払い、去って行くオモニ。わたしはこの人びとのあいだをかきわけるように歩いた。市の終りはぬくもりがあった。チョゴリの襟元にのぞく胸は男も女も日焼けして厚い。

夕焼けが消える時刻になると、遠く近くで子どもを呼ぶオモニの声が野面を渡る。ヤンスニーなどと、ゆるくながながと戸外に向かって子の名を呼んでいるのである。夕食を知らせているのだった。

慶州に移ってヤンバンということばが、社会的階層であることを知った。単に金持ちということではない。それはむしろ新しいニュアンスであるといった方が正しいようだ。ヤンバンとは李朝時代の支配階級であり、地方行政もヤンバンによって行われた。が、ヤンバンは李朝以前からの名門でもある。高麗、新羅時代へとさかのぼっていき、その時代にすでに支配階層だった人びとだ。慶州には朝鮮でもっとも古い時代からの名門たちがいた。彼らはそれぞれ始祖伝承を持っていた。広い土地や多くの使用人。また文筆に長じた幾人もの先人を出し、文庫を持つ氏族。ゆうぜんとしていて人びとの尊敬を集め、家に伝えられた家訓がある。政治にかかわるな、という教えを守っている一門もある。学識のゆたかさで以て庶民を支配してきた家系だった。

その中にはわたしのような子どもの目にも、大人《たいじん》だなあと思われる人がいた。白い顎ひげの温厚誠実な崔肯さんの人柄は、日本人の無礼など呑みこんでしまって始終ひとまわり大きな微笑を送ってくる。尊大ぶる日本人の中学関係者に苦慮する父を、だまって見守ってくれているように見える。それほどに風格があった。慶州崔氏にはかつて加藤清正が侵入して来た時に日本軍を破って戦死した崔震立がいた。また著名な文人崔世鶴がいて、その時代に多くの書を集めた。汶川文庫という。わたしはヤンバンに二通りの傾向があるように思った。思慮深くて清濁合わせ呑みつつ断定的な言行をとらない人びとと、知識を刃物のように使いこなす人である。その傾向は少年たちにも見られた。

朝鮮人の早婚は次第に改まっていた。が、ヤンバンの家々では家系尊重のためなのか、十代なかばで妻を迎えた家もあったから、家長はたいてい年上の妻をもつ。そして若い第二夫人を置いた。家族は土塀の中に本妻の住いと第二夫人の住いがある邸で暮らす。若い夫人は華やかだが、子のあいだにはきびしい序列があって、妾の子は本妻の子ども並には家庭でも世間でも人と接することがない。子どもどうしでも、本妻の子は主人としてふるまう。そして妾の子は従者だった。この家の中の身分差は、それを持たぬわたしには、たまに目にするだけだが、それでも胸苦しくなるものだった。

このように慶州にはヤンバンはすくなくないが、大邸のような大きな商家はみなかった。地主と小作人といった対応のまま伝統を保っているかに思われた。大市小市に出て来るのは、勿論ヤンバン階層ではない。

慶州に移った年の十二月に中学校の校舎が郊外に完成した。それまでは慶州小学校の校舎の一部を借りて入学式があり、授業が行われていた。第一回生四十五人の出身地は慶尚北道全域にわたっていた。道外の人もいた。朝鮮人の進学は、日本人が内地の中学も含めて門戸が広いのに比し、なかなか困難だと父は言い、優秀な生徒が多いと話し聞かせた。一回生の中に日本人生徒は二人で、一人は母子家庭の子で母親思いの少年であり、一人は地方新聞記者の子弟だった。

二年目の受験期となり、わたしの従兄が試験を受けに来た。合格したのでわたしたちと同居することになった。内地から北支へ軍関係の仕事で行く家族と別れて、五年間一緒に暮らすことになったのだ。弟がよろこんだ。校長官舎も中学校の正門の近くに建ったのでわたしたちも移転した。中学校は玄関の屋根が仏国寺のようにゆるく反っていた。慶州にふさわしいと家族で言い合った。学校は市街から離れ、かつての宮殿のあたりに南山を正面に見つつ建っている。李氏一門の土地の一部に建っているものと思われる。わたしはここから小学校に通った。ポプラ並木の街道が慶州と甘浦《かんぽ》間に通っている、その畠の中の一本道を妹と弟と三人で行く。移ったのは冬だったから、西北の風に向かって、道のそばの小川が凍っているのを面白がり、スケートの真似をしながら登校した。

中学生は市内から風を背に通学するので、すれちがう。毎朝会うので顔を覚えた。落着いた大柄な人が多い。中でも幾人かいかにも慶州の伝統を思わせる風格のある人がいて、帰宅して父に話したりした。大人っぽい生徒たちで、まっすぐ前を見て無駄口をきかずに歩いて行く。彼らの下校はおそくて、わたしが家に帰りついた頃はまだ学校にいた。春先には校庭に木を植えたりしている。わたしたち子どもは門の外に佇んで作業を見る。校舎の中にちらちらする姿を見ながら小犬と遊ぶ。中学生も先生方もいなくなり、学校がしんとなると、家族で宿直をしているように校舎が心にかかった。

わたしたちが入った官舎からは、塀の向こうにさえぎるものもなく、野面の果の南山が眺められた。新羅時代の摩崖仏がその山のひだひだにある。谷間《たにあい》にころがっている石には水晶がまじっている。南山は古くからの聖山だった。いつも薄紫色をしている。その山の麓を流れるのは、石窟庵のある吐含山から流れてくる汶川である。汶川の手前に月城跡があり、石氷庫・瞻星台《せんせいだい》・鶏林その他の遺跡がある。石氷庫は石造の半地下の倉庫で、かつて氷を貯えた。ひんやりとした空間を今にたたえている。瞻星台は石を積み上げて作った天文台である。野をつっ切って妹弟と三人でそこまで遊びに行く。石氷庫に降りて行ったり、天文台を見上げたり、雁鴨池に行ったりする。池のまわりには柳がそよぐ。葦が生えていて水鳥が遊んだ。人にはめったに会わない。

こうした遺跡の野を縁先からわたしたちは朝夕に眺めた。心ゆくまで見渡しながら話す。南山は裾ひろがりの美しい姿をしている。

「このあたりから新羅の人びともあの山を眺めていたんだよ。おとうちゃんは南山に骨を埋めたいと思っているよ」

「和江も慶州は好きよ」

「松下村塾って知ってるか。おとうちゃんはここに朝鮮の松下村塾を作りたいんだ」

「吉田松陰が勉強を教えたところでしょ」

「そうだ。松下村塾からは維新のために働いた若者がたくさん出た」

「本で読んだよ」

南山を眺めながら話した。が、父が心に描く塾がどんなものか思い浮かばなかった。

母が台所の方から「ご飯の用意が出来ましたよ」と言った。

「和江は少数民族のことを知っているか」

「知らない」

「勉強しなさい。おとうちゃんは少数民族問題を考えているんだ。

ご飯にしよう」

わたしたちは茶の間に行った。この部屋の床だけは温突式になっていた。

市内から離れてわたしら家族だけがぽつんと暮らしているのだが、気分はひろびろとしていた。大邱にいた頃の幾倍のひろがりと興味の中にわたしはいた。

従兄も中学校で友人ができ、わたしたちもわたしが六年、妹が四年、弟が二年になり、野っ原のあちこちに青い麦が伸び雲雀《ひばり》が鳴く。のどかな季節だった。が、五月、ノモンハン事件が起こった。外蒙古のノモンハンで日本軍がソヴィエト軍と衝突したのだ。「どうして！」と叫んだ。地図でしらべてみると満洲国と蒙古自治政府領との接点だった。なぜ蒙古までも。

わたしは日本地図を書くのは得意だった。朝鮮半島は地図を見ないで書けた。北の樺太から北海道・千島列島・本州・四国・九州・奄美諸島と沖縄、台湾。朝鮮の北に満洲国がある。これは日本ではないが、友好深い国である。満洲国皇帝と日本の関東軍とで統治している。それから旅順・大連のある関東州は日本の領有地である。また沖縄の南に赤道までひろがっている南洋群島も委任統治領だ。南洋群島にはマリアナ群島、マーシャル群島、カロリン群島、パラオ諸島などがある。この中のグアム島はアメリカ領だ。わたしは自分の机でこれらの地図を描きつつ、日本に接しているフィリッピンやニューギニアを空想した。ニューギニアは南半球なのだ。その南半球に接続するまで、日本の国はひろがっている。土地は狭いが日本は空間はひろいのだ。こんなに南へ向けてひろいのに、なぜノモンハンなんかでソヴィエトなどと戦争をするのよ、と、のどかな慶州の子ども部屋で不服であった。

夕食が早く終って陽が長くなり、まだ明るい。雁鴨池にみんなでぶらぶらと行った。通学の折に通うポプラ並木の一本道を横切り、麦畑の中を行く。

「おとうちゃん、日本人と朝鮮人とどっちが少数民族？」

「どちらも少数民族とは言わない。少数民族は国の中でごくわずかな数だ。そのわずかな人びとが、ことばも風俗も独立したところの文化を持っている。朝鮮は日本と同等の文化を持ってる人びとだ。人口も多い。

しかし、日本人だけがいばったとすると、朝鮮人は少数民族と似た立場になる。だから、それは必ずしも数だけの問題ではない。わかるか？」

「わかった」

わたしは走って弟たちに追いついた。

「ほら、山羊のふんがあるでしょ。山羊が食べるのだよ、この草」

弟が池のそばの草を指さして言った。

色は黒いが南洋じゃ美人、という流行歌を思い出した。あれは日本の少数民族のことかな、と思う。

わたしたちは池のすぐそばに建っている古い木造の建物に上った。らんかんにもたれて池を眺める。

「この池は朝鮮半島の形をしているんだって」

従兄が朝鮮人の友だちに聞いたといって教えてくれた。南山の麓を蔚山《うるさん》に向かって汽車が走って行った。

「あの汽車でぼくの友だちが学校に来るよ」と弟。

「おねえちゃんのお友だちもよ」と妹。

「おねえちゃんのお友だちだって汽車通学生いるのよ」

わたしは優美ちゃん節ちゃんなどのことを言う。慶州小学校には近郊の村から日本人の子弟が来ていた。教員、鉄道員、警察官などの子である。仏国寺の旅館の子もいた。

校長官舎から東へぶらりと行くと芬皇寺《ふんこうじ》の石塔がある。レンガのように切った石を積んで建てた屋根の張った石塔である。昔は五重の塔であったというが三層になって芝草の境内に残っていた。彫刻のある石の扉が開く。庭は木立で囲まれている。わたしたちはかわいがっていた小犬のチロがいなくなった日、泣きながら三人で四方を呼びまわり芬皇寺でも探した。塔の裏手に羊歯《しだ》が茂っていた。

芬皇寺のすこし先に村があった。日本人の家もあって農業をしていた。わたしの友だちの家もあり、もうすこし先の村には妹や弟の友だちの家もあった。わたしら家族は、わたしの同級生の松永さん一家と親しくした。母は何かと心頼みにして、味噌をついてもらったり、お米をわけていただいたりしていた。小豆や漬物用の白菜や大根も。年の暮れには餅つきも一緒にしていただく。松永さんのおじさんおばさんともにざっくばらんな人で、出入りの朝鮮人も多いし、村の人びとともたいへん親しい。餅つきの日は大勢の人だった。わたしたちは藁小屋の藁に登って遊びながら、餅つきを眺めた。つきたてをみんなで大根おろしで食べた。

こんな浮世離れの暮らしだが父は書斎にこもりがちで、朝わたしが起きた時もいつも自室に入っていた。読んだり書いたりしている様子だった。夏の陽が長くなり中学校に人のけはいが失せる夕方、家の前の通り道で父母がテニスのラケットを振った。母は冬をのぞいて家にいる時はセーターや簡単服を着たが、散歩にはふだん用のきものだった。ラケットを振ると女学生の頃を思い出すと言って、家に入って「旅愁」という曲をオルガンで弾いて歌った。

父が朝鮮人の家庭に招かれてめずらしい土産を持ち帰る。その料理がおいしい。中でも飴色をした餅米の蒸し物はほのかな蜂蜜の味と、なつめや松の実がまじった弾力のある歯ざわりでなんとも品のいい食べ物だった。さらさらした小豆のこしあんを重ねた白い餅も、お祝い物のようだ。ある夜は正客の父のために山羊をほふって宴があったと、月夜の道を機嫌よく帰って来た。冬のキムチは二つ割にした白菜の葉のあいだに、山海の珍味がはさんである。栗、梨、柿、白身の刺身、えび、塩辛、海草その他が大根や人参などを千切りにしたものとともに白菜につめられ、唐辛子とにんにくで漬けてある。庖丁で切って皿に盛るとオレンジ色になった白菜のあいだから、きっちりとつめてある品々がのぞいた。ざっくりと十センチほどに切った大根も白菜漬とともに漬けてあり、芯まで滲みている色と味はこれらの品から滲み出してくるもので、数カ月漬けてあるのだろう。母はどこで聞いてくるのか、骨つき牛肉を葱やごまなどを入れたたれにつけて炭火で焼いて、大皿に盛り、よろこぶわたしたちにカルビーよと言って食べさせた。

町はずれの生活の必需品は、毎朝電話でご用聞きが入り、配達される。子どもらは月刊雑誌をしきりに催促した。市へ行くオモニが立ち寄ってあわびやうにを売る。甘浦から山を越えて来るのか、まだ潮を吹く。卵売りも来る。野菜、薪売りも。母はそれら行商のオモニから買った卵でよくケーキを焼いた。松永さん宅に持って行けと言ったり、手伝いに通って来るオモニの坊やに渡していらっしゃいと、運ばせた。通学するポプラ並木沿いの畠に西瓜や瓜が実り、見張り小屋が高々と建ってアブジが朝も夜も見守る。朝影の長い頃買った西瓜は冷えていた。わたしは女学校の受験勉強で学校に居残りをする。帰りが薄暗くなる頃、遠く南山のあたりで青く一列に狐火が点滅するのを見た。新羅のくになのだから、どこかの古墳で燐が燃えるのだろうかと、青い火の列を眺めながら歩いた。

平穏な野に見えた。戦いは遠いものに思えた。秋夕《チュソク》の日に市内の学校の総合運動会が中学校の校庭であり、かつてない人出だと言われた。青空いっぱいの秋の光の下で、父も笑顔で参加者に賞品を渡していた。あまりの人出で、帰路、畠の中の古い井戸に少女が落ちて亡くなった。

（三）

ある日父がめずらしく腹立たしげな口調で母に言っていた。出張から帰って来て。

「教務にかかわる者が！　ぼくはもともと朝鮮に日本人が私有地を持つことに反対なんだ」

「役人の方ばかりではないんですか」

「表向き清潔そうにふるまって。伝統のある学校の校長じゃないか、生徒に兵役志願させながら……」

「その土地、そんなに沢山どうするんでしょうね」

「利殖だろう。ぼくはがまんができない」

「けんかなさったの」

「まさか。反対だとことわっただけだ」

その話の中には幼い日に耳にしていた人の名もあり、わたしは総督府で校長会か何かがあったのだろうかと隣の部屋で思っていた。中学校を卒業する生徒たちを陸軍志願兵制度へと送る使命を、総督府は要請し、その会議がはねたあとの雑談なのかも知れないと思った。配属将校による教練はどこの学校でも正規の授業となった。小学生のわたしも校庭に並べられた藁人形に向かって竹槍を持って走ったり、ノモンハン事件以後は戦車がやってくるのを地面のくぼみに伏せて避ける方法をやらされたりしていた。

昭和十五（一九四〇）年になって女学校の受験も近くなり、今年は神武天皇が日本の国の第一代の天皇の位に就いて二千六百年に当る年とのことで、受験生のわたしはそのことも勉強する。ことさら時局に対する認識を持っているわけではないが、襖の向こうできものに着がえながら、今どき教務にかかわる者が、と、腹の虫をおさえかねていた父が言う、今どきの意味はわかっていた。

わたしは父の部屋で時に『古事記』を読ませてもらった。勿論わたしでも読めるような書下しの所々をひろうだけだ。少年少女用の絵の入った古代史の本も買ってもらった。新羅のことが出て来る。大昔は海を行ったり来たりしている。神代といっても、そんなに遠いことではない気がするのだ。今年が皇紀二千六百年に当るのは、神武天皇をはじめ古代の天皇が数百年も生きていたせいらしいが、どうやってそれが正しいと決めたのだろうとふしぎだった。でも神代はいろいろふしぎなことがある。津田左右吉の『神代史の研究』が発禁になったことは小学校卒業まぎわに知った。父から聞いた。書斎で。

「神代は神々の時代ということで誰にもわからない。伝説があるだけだから。その伝説は古事記や日本書紀に記してある。神代についてさまざまな解釈をくだすことは出来るわけだが臣下がみだりに解釈することを禁じたのだ」

「鶏林のお話も神代のことでしょう？」

「神代とは言わないね、神代は天皇の祖先のことだから」

「それでも新羅の王子さまが古事記に出ているでしょう」

「そうだね、昔は行ったり来たりしていたわけだ。奈良という古都があるのを知っているだろう。朝鮮語で、ナラとはくにということだそうだ。朝鮮は文化の先達だったんだよ。和江も大きくなって古事記をよく読みなさい」

昭和十二年に制定されて、わたしたち朝鮮にいる朝鮮人・日本人の小学生が毎朝授業の前に大きな声で誓う皇国臣民の誓詞は次のようなものである。

皇国臣民の誓詞

一、私共ハ大日本帝国ノ臣民デアリマス

二、私共ハ心ヲ合ハセテ　天皇陛下ニ忠義ヲ尽シマス

三、私共ハ忍苦鍛錬シテ立派ナ強イ国民トナリマス

わたしは皇国臣民の自覚は薄かったと思う。それは内地の子どもに比してのことで、天皇といっても特別の感情は湧かなかった。どちらかといえば内地と切れていることを、自由のひとつと考えていた。何よりも個々の人間が大切であった。戦争の激化にともなってわたしのような者が成長することは問題となって来たのだろう、事ある毎に皇国臣民の誓詞が先立つようになった。

天皇の存在は朝鮮人教育にも中心的な問題となり、小学校教育の就学率もあがり、家庭にも浸透するのか、いい年齢のアブジなどが日本人と口論したりすると、「テンノウヘイカ、日本モ朝鮮モイッ、、、ショヨ！」と言うそうだと噂《うわさ》が流れた。

よく晴れた日曜の午後、家族で中学の裏手の北川の川原を渡って、対岸の丘に登った。

「ここだよ、いつか話したろう、慶州李氏の祖先が天降ったと伝える瓢岩《ひょうがん》は」

それは中学校も雁鴨池も月城跡も一望に見渡せる崖の上である。大昔のこと、慶州

に人びとが住むようになったその由来を語り伝えている所だ。天上から天降った話は必ずしも日本の天孫降臨の神話だけとは限らないのを知った。

「面白い伝説ね、おとうちゃん」

「大坂先生のご本にも書いてあっただろ。ここに天から降りて来たとも、またその崖に実ったパカチの実から生まれたとも言うそうだ」

野面を越して正面に南山が紫色に煙っていた。丘の高い松の木に綱を長く垂らしたブランコがあり、女の子が遊んでいた。

「こわいみたいな長いブランコね」

妹と眺めた。母が花鋏を持って来ていて、野の草を摘んだ。

わたしは小学校の卒業式には出られなかった。大邱高等女学校の受験日と重なったので。友だちは内地の中学校や、朝鮮各地の中等学校や高等小学校へ進んだ。

受験前日、母と大邱へ行って、父母が親しくしている宮原家に泊った。母は宮原のおばさんと大邱劇場にディアナ・ダービン主演の「オーケストラの少女」を観に行った。「とてもかわいかったよ」と話してくれた。巷では淡谷のり子の「雨のブルース」が、雨よ降れ降れ悩みを流すまで、と歌っていた。わたしはノモンハン事件のあと、数カ月経ってソヴィエトとのあいだに停戦協定が成立し、受験前には日本と満洲国とソヴィエトの三国で、満洲北部の鉄道の話合いもついたと知り、戦争は遠ざかった思いがしていた。ソヴィエトが攻めて来るかもしれないと思うことは、わたしには恐怖だった。入学試験のための戦局認識にすぎないのに、それだけは実感があった。そして中支から南支へと拡大して進展しない情況が、理解しがたい。

大邱高等女学校に入学することになった。五年制の学校である。父が寄宿舎もわるくはないが、知人のお宅が女学生を預ってしつけも見てくださっているから、そこに下宿させていただきなさい、と話をきめて来た。母がふとんを新調し、衣類をととのえてくれた。父が下宿代のほかに小遣い銭も持たせるから自由に使いなさいと言い、母がお小遣い帳につけてどのくらい使うとどうなるのかお勉強しなさい、と、小遣い帳をくれた。

「学費は国が持つべきだとぼくは思っているんだ」

父が母に言った。

「どうしてですか」と母。

「どうしてって、国民があっての国だもの、小学校から大学まで教育費ぐらいは国がみなければ近代国家とはいえないよ。それと医療費。病気になっても安心して医者にかかれる制度がなきゃ。和江は風邪をひいたら、すぐに一宮先生に診ていただきなさい」

「はい」

わたしは緊張していた。

「病気になったらお金がかかるの」

「そうだ、無料だと思っていたのか」

「そうではないけど……」

うちは貧乏なのだから病気をしないように、ちゃんとうがいをしようと思った。

わたしは小遣い銭を持ったことがなかった。卒業して母からごほうびに自分で本を買っておいでとお金を渡され、市中にただ一軒の林屋文具店に行った。本はあまりない。わたしは並んでいる書物の中から、横光利一であったか、芹沢光治良であったか、今はおぼろになった本を求めると、金を払ってほっと肩の息を抜いた。それ以前の小遣い銭で強い印象を受けたのは、一人で下校していた時に見知らぬ人から声をかけられ、本屋を知らないかとたずねられた時である。一見して史蹟調査か考古学研究かで内地から来た人と知れたから、眼鏡をかけたその人に、「慶州に本屋はありません。でも文具店にすこし売っています」と言った。表情の暗いその人が「慶州のことを書いた本を知りませんか」と言った。わたしは大坂先生がいらっしゃいますと言って説明した。「ありがとう」そう言ってその人はわたしに銀貨を渡そうとしたのだ。屈辱を感じて辞退したが、その人はわたしに握らせて去った。家に着くまで泣き出すのをこらえた。わたしはお金より尊いものがこの世にあると思っていたから悲しくてたまらなかったのだ。帰ったとたんに泣き出し母に慰められ、ようやく嗚咽《おえつ》をおさめた。

　そのように不馴れな小遣い銭を、キャラメルを買っても本を買ってもいい、好きに使えと言われ、うれしいよりも心はあとずさりをしていた。ひけしん坊の本性のまま下宿生活の準備をした。一人前となったよろこびを噛みしめたのは、下宿生活一カ月頃からで、その時は、はやお調子者となっていて、小型トランクを片手に、片道二時間の慶州・大邱間を往来した。女学校はわたしが入学した年から四年制となった。戦時下で労働力が乏しくなっているためだとのことだった。

　下宿は女学校に近い住宅地の中で、苔が一面におおっている築山のある初老夫妻の家の、離れ座敷だった。二部屋に四人の女学生が入って一年生はわたし一人。鉤の手になった母屋の座敷には女学校の女の先生がおられた。学校には諸方から女学生が入学していたが、鳳山町小学校時代の旧友もいた。慶州小学校の友人も合格していた。文子ちゃんを探した。文子ちゃんはおとうさんが戦場で上官と意見が対立し、退官して内地へ移った、とのことだった。学校は道路沿いにアカシアの花が香った。わたしは父のお古のバイオリンをゆずり受けて、師範学校の音楽の先生に手ほどきを受けた。

女学校はのんびりしていた。内地では砂糖・マッチがキップ制となって制限つきで売られ出したというが朝鮮ではそんなことはない。学友が、朝鮮でキップ制などを実施すると朝鮮にいる内地人が朝鮮人と組んで反乱を起こしてしまうからだって、と言った。そんなことかなと思った。内地では女学生はモンペを着ていると聞いたので、修身の時間に校長先生に、わたしたちもモンペが着たい、と言うと、女学生スタイルがわるくなるからだめ、と、笑って拒否された。軍隊組織ふうに行進などもするのだが、切迫感はなかった。

上級生が修学旅行で京都や奈良などを廻ってきて土産話をしてくれる。

「汽車の中でおじさんがね、あんたたちどこの女学校って聞いたの。大邱高女ですって言ったのね。そうしたら大邱ってどこかって言うから慶尚北道って言ったの。そしたらね、『ああ朝鮮人』って言ったから、『日本人ですよ』って言ったのよ。そのおじさんたら、『そうですそうです、朝鮮人も日本人です』って言うの。笑っちゃったあ、ほんと。説明するたびにそう言うの。で、旅行中それがはやってね、なにかと言うと『そうですそうです、朝鮮人も日本人です』って言い合ったのよ」

ははは、と、わたしも笑った。内地に住む人の植民地認識を笑い合っているのだった。ここは内地よりも住みやすく日常生活も近代化していることを彼らは知らない。内地のキップ制や嫁姑のことや井戸水で炊事をする女のことなど知って来たので、わたしたちも内地へ関心が深まらない。わたしたちは異口同音に内地へはお嫁に行かないと言った。「すごく封建的な所だって」と、親たちから聞いた話を伝え合った。内地から転校して来た上級生が、五歳くらいの女の子を買って下働きをさせながら養っていた話をした。貧しい者が女の子を売るのはそうめずらしいことではないとのことだ。

「ひどい所ね」

「サーカスにも売るんだって」

「内地にいなくてよかったわね」

「でもこのあいだおマンが、ね、出稼ぎ人の娘のくせにって言ったのよ」

「あの先生だって、そう言うならそうでしょ。あんな先生、よくお嫁の貰い手があったわね」

わたしたちは、たわいなく笑った。

授業時間も何かと言うと笑う。「おまえらふんどし一つ持って南洋へ嫁に行け。勉強せんですむぞ」と、先生は教えるのもしんどいという風情だが、へこたれない。わたしは下宿にも学校にも馴れて、いたずらするのがたのしい。どたばたと廊下や教室を駈け廻った。

下宿生活は世間知らずの子が一度に大人の世界に放り出されたように、わたしを満たした。が、整理しきれぬことがあふれる。子どもは男女の愛なしには生まれないと思いこんでいたが、そんなものではないと知った。ショックで眠れぬ夜が続いた。売春婦についてはどう考えていいのか見当もつかない。春画めいた紙切れをポケットにいれて学校で友人に見せた。鳳山町小学校の頃に朝鮮人の男の子からからかわれたとのいみが、なんとなくわかる。妊娠して学校を去る同級生が夢のように思える。手当り次第に小説を読むけれど納得できない。下宿の窓の向こうを休日になると八十連隊の兵隊たちがぞろぞろと町の盛り場へ遊びに行き、眺めているわたしへ卑猥な笑いを送って来る。

一方では母から届く小包がわたしを幼くした。ふとんから脱け出しても肩が冷えないようにと、リボンのついた薄い肩ぶとんが届く。裁縫など苦にならないのに、針に糸を通して幾本も送って来る。一人で買えるようになったのに、お菓子が来る。土曜、日曜には帰るのに、大人っぽいきものが欲しかろうと、紫の井桁のきものを新調して送って来る。腰あげ肩あげがたっぷりあるそのきものに黄色いしごきの帯をして、月夜に戸外に出て一人で踊った。人通りも絶えて地面に雲の影が落ちていた。

十五夜お月さま見てたでしょ
さくらふぶきの花かげで
花嫁姿のおねえさま
お別れ惜しんで泣きました

勝手に振り付けて歌いながら踊っていると、この世にはわからないことが多くて、歌は童謡とも思えず、何を基盤にどこへ向かえばいいのか、お月さまが涙でぼやけた。

この年の秋に、皇紀二千六百年記念の合同体育祭が、練兵場で府内のすべての中等学校・専門学校の生徒を集めて行われた。校旗を先頭にした分列行進で始まり、教練や体育を披露した。わたしは徒手体操の選手であった。それまでも戦争を意識しないわけではなかったが、しかし、女学校内にいる限りは、わが事という思いにはなりがたいものだった。けれども練兵場に集まった男子生徒たちはさすがに違っていた。徒手体操でお茶を濁すようなものではない。兵隊さながらだった。また女学校は大邱高女のほかに技芸女学校や朝鮮人の女学校である慶北高等女学校や私立女学校がある。その慶北高女の分列行進はたいそう凛々しいものだった。軍隊のように活発でいきいきしていた。わたしたちは、慶北高女ほどの時局認識もない、戦争をなんだと思っているのか、と叱られた。

学校でも若い先生が出征された。国語の先生で、荒いことばも立てない寡黙な先生だったから、軍隊はつらかろうと心が痛んだ。が、そのことと、天皇の御為に命を捧げよということとのあいだにはしっくりと結びつかぬものがある。国を守りたいと思ったが、天皇を現人神《あらひとがみ》だと思うような強烈な感情が湧かない。クラスの友人たちも似たりよったりなのか、わたしたちは掃除時間に声を殺してふざけた。教員便所の当番をしつつ、「恐れ多くももったいなくも、天皇陛下のうんこのお通りだ、低頭！」と、雑巾バケツを持って胸のわだかまりを晴らした。

わたしは入学試験の口頭試問の時に、聖戦について問われ、熱心に答えた人間なのだ。「それはシナの支配者の蔣介石がシナ人の農民たちを苦しめているので、そのお百姓さんたちにかわって、人びとが平和な生活ができるように戦っているのですから、聖戦といいます。日本軍は蔣介石軍をその支配者の立場から追い出してしまったら、帰って来ます。自分の利益のために戦っているのではありませんから、聖なる戦いというみで聖戦というのです」

わたしはほんとうにそう思っていた。

ところが、紀元二千六百年式典の頃から、聖戦の内容がかわって来たかに感じた。

それは平和のための戦いだから聖戦というわけではなく、八紘一宇《はっこういちう》の、万世一系の、大御稜威《おおみいつ》をあまねく世界に及ぼそうと遊ばされる大御心をいただく天皇の軍隊、つまり皇軍が戦う戦いだから、という現人神の神聖さ故に聖戦というと強調されるようになった。何が変化したからそのようにニュアンスがかわって来たのか、理解することが出来ない。わたしは激しく動いて行く情況の中から、ぽとりとこぼれ落ちている自分を感じ出した。

下宿の窓から手紙が投げこまれた。中学生からだった。丸めてくず籠にいれた。からかわれている気がするのだ。銃剣をつけて突撃していた練兵場での姿。体操などとは次元の違う所でまっすぐに戦争に参加している。そのくせ売春婦を買う男。女は社会のみそっかすなのだ。

母から届く小包の中に、なぜか、赤玉ポートワインが入っていたのをなめながら、小説を読んだ。植民二世の思春期は、皇紀二千六百年を背景にあてどない。

下宿生活も二年目の春のこと、教員室に呼ばれた。上級生の国語を担当している先生から、シナ事変四周年記念に総督府が全朝鮮の小中等学校生から記念作文を募集することになったので、学校代表として何か四周年記念にふさわしい作文を書くように、と言われた。日頃うかうかと過ごしているので困ったなと思った。主催者は国民総力朝鮮聯盟とのことである。わたしは下宿へ帰りながら、国民総力戦と言われ出している今にふさわしい素材がよかろうと、戦争ごっこを書くことにしようと思った。朝鮮人の男の子が敵味方に分かれて遊んでいる姿である。

なぜそれがふさわしいと思ったのか。彼らが石合戦を原っぱでたのしんでいたのは事実である。けれども戦争に対して朝鮮人の青少年の心は単純ではないと、推察できる父の暮らしをわたしは知っていた。陸軍志願兵制度に対する反応は複雑だった。けれどもまた、男は戦争に直面して時代を担っているのだ、という誇りが日本人・朝鮮人を問わず、ありありと態度にあふれていた。わたしは千人針を縫うことしかできないみそっかすだ。ボボするか、いやか、と言われるのがいやで男の子を避けて歩く人間だ。その男の子を心に描きながら、わたしはその子らが戦争ごっこに興じているさまを、さらさらと書いた。七月七日の日その作文は慶尚北道代表作として、国民総力朝鮮聯盟から賞状を受けた。

次の文章は父の手になる生徒訓の一節である。

「我等道に志す者、その心清明にその行正直に、物に処し事に当る、誠を致し心を尽し、苟《いやしく》も虚偽軽薄の振舞あるべからず。或は一時を糊塗《こと》せんがために虚飾これ力《つと》め、或は誠の足らざるを尋ねずして、人を怨み不運を託《かこ》つが如きは最も恥づべきことなりとす」

わたしには自分の道が見えなくなったのだ。心は清明ではなく、わたしは恥を知っていた。作文について父には何も言えなかった。「新聞紙上で君の活躍を知った。体に留意し、自重せよ」と、父から葉書が来た。

時間は飛躍するが、敗戦後二十余年を経て、韓国の、慶州中高等学校の創立三十周年記念に亡父のかわりに招待を受けたわたしは、筆舌に尽し難い関係者の厚情を受けた。多くの話も聞いた。その中に卒業生の次のような話もあった。

「ぼくの青春は森崎一家との関係をぬきにしてはありえないと思っています。ぼくに直接影響したのは日本ではありません。和江さんのおとうさんです。あなたは子どもだったから知らないだろうけど、彼はヒューマニストでした。毎週月曜日に、何かしら一つのことばを書いて、階段の下に貼っていました。たとえば靖国神社の前で骨壺をかかえた少年が涙をいっぱい溜めて立っている、その写真を切り抜いて、その下に、この少年をみよ！　と書くのです。どういう思いで書いたかがわかるのです。ぼくは、あらゆる支配色軍事色の中からそんなことばだけをひろって、そして彼の精神のそば近くにいました。このように、わかり合えるものがあったということ、あの戦時下に。これは大きないみがあると思います。立場が違っていたのですから」

それは今日では想像も困難な、屈折した、かすかな通路である。その朝鮮人の、固有な感情にも通う通路は、憲兵によって常に監視されている。

その頃のこと、帰省したわたしと入れちがいに外出しようとして玄関で鉢合わせした父は沈んだ表情をしていた。見送るわたしへ、「前からも、後ろからも、たまにねらわれてるからな、おとうちゃんは。前後から銃を向けられている」とつぶやいた。そしてドアを開けて出かけようとしたが、わたしを振り返り、「もしおとうちゃんに万一のことがあっても、和江は落着いていなさい」と言った。

「はい」

わたしは父の目にうなずき返した。その時母は病んで寝ていた。

あの時父はどこへ出かける所であったのかわたしは知らない。また、わたしは父が学校でどのようにきびしく軍国主義を叩きこんだかを具体的には知らない。けれども靖国神社の前で骨壺をかかえた少年が涙を溜めている写真を、何かで見付けて、廊下に貼ってしまう心は、戦時下を一緒に暮らしたわたしには痛いようにわかってしまう。もうその頃は皇紀二千六百年後の聖なる時空へ入っていた。皇国臣民はプライベートな言動は許されなくなっていた。わたしたちは象徴詩を書くように、皇国臣民の内なる人間を、親子や夫婦や友人間で伝えることが多くなった。単なる戦争ではなく、聖戦下の朝鮮人青少年の現実は、加速的に憲兵監視のものとなっていったから、彼たちは敏感に人間性を読みとった。聖戦に散ることは最高の名誉という表現しか許されない。問いつめられれば、この少年を恥とせよということだ、との申しひらきなしに、心を育てることも出来ない。「おとうちゃんにもしものことがあっても……」と、わたしへ言った時、わたしは、父が朝鮮人の反日意識と、そして憲兵との両方からピストルを向けられていると確信し、父の目にうなずいたのだった。それは観念としてではなく。そして、その不安は、のちにもっと強いものになっていったのだが。

第四章　魂の火

(一)

わたしは昭和十五(一九四〇)年に高等女学校に入学したが、その夏から十六年、十七年と母は病んだ。また、その年月を、日本は米英と戦争を開始し太平洋戦争へと拡大していった。朝鮮人に対して十三年四月から実施した陸軍特別志願兵制度は、その志願者数が飛躍的に増え、十五年度の八万四千余名が十六年度には十四万四千七百余名、十七年度には二十五万四千二百七十余名、十八年度が三十万三千二百九十余人となった。これら志願兵の中から選ばれて入営した者は、十五年度三千六十人、十六年度三千二百八人、十七年度四千七十七人、十八年度六千三百人となっている。そして戦死者も出たのだった。

日米開戦は十六年十二月八日だった。わたしは下宿で朝食をとりつつラジオが告げるその報を聞いた。暗澹となった。十七年五月には朝鮮人の徴兵制施行が閣議で決定した。十九年度から施行するべく、戸籍の整備、国語としての日本語の普及が急がれ出した。

もはや軍人となることは選ばれた者の特権ではなく、兵隊は消耗品ということばそのまま、朝鮮人・台湾人をも敗戦色のただよう戦場へ送り出すことを閣議は決定したのだった。彼らに銃を持たせるのは危険だと、徴兵制は久しいあいだ議案の対象となりつつ葬られていたが、今は戦争は栄光ではなくなって来ていた。厭戦気分は非国民だ、戦争は長期戦だ、と、軍部からの指令は行政を通して隣組組織のすみずみまで及んでいる。就職には固く扉を閉めている朝鮮人を、朝鮮人と呼ぶことすら禁じた。朝鮮人と自他称することで戦争遂行者の立場から逃亡する、と、支配層は判断したのだ。大日本帝国の臣民はすべて日本人であり、朝鮮半島出身者は半島人と呼ぶことになった。わたしたちは呼びまちがえて非国民のそしりを受けぬように心がけねばならなかった。

消耗品としての新兵、それは天皇陛下の直属の民である。新兵となる半島人は旧朝鮮のことばを使うわけにはいかぬ。小学校から朝鮮語の授業がなくなった。朝鮮人という概念がなくなったのだから、旧習のままの姓名も架空のものとなった。日本人として新しい姓名を名のるように指令が下った。創氏改名である。ひとりひとりの存在につながるすべての民族性を消却し、徴兵にそなえることを許ったのである。その他の分野に、たとえば行政や司法や実業界に門戸を平等に開くべく創氏改名を求めた、などというものではない。ただ軍隊の中に下士官への細い道を申しわけにあけていた。下士官にも戦死傷者が増加し続けていたから。

朝鮮人と日本人とは小中学校が別々になっていたが、それでも以前から別学を義務付けられていたわけではない。朝鮮統治の初期は朝鮮人の子どもたちは書院とか書堂とかの伝統的な、いわば寺小屋様式の学習を朝鮮人の先生から受けていた。もちろんヤンバン階級の子が大半だった。が、それも朝鮮に総督府の学制が敷かれ、わたしが小学校へ入学する頃ともなると、朝鮮人だけの普通学校へ入学する子のほかに、わたしらが通う日本人小学校に入学を希望して入る子どもたちもいたのである。鳳山町小学校にもぽつぽつと加わっていたし、大邱高等女学校にもわたしはクラスメートを持っている。そのクラスメートも、創氏改名をした。わたしたちは、それ以前から彼女の出身がさしさわりになるような感情はまるで持っていなかったので、陽射しによって水流の温度がかわるような自然な感じで、彼女の改姓に接した。それはわたしの民族意識の欠落の故にちがいないが、それに加えて、わたしが女であったことが大きく影響しているように思う。

日本の女にとって、姓名は不変のものではない。それは衣服のように、時と場合によって脱ぎ着する仮の呼称であった。不変の自称は心にあるばかりといっていいほどの、姓名意識が、その婚姻制度とともに身についていたから、彼女の創氏改名を、みずから選んだ氏名として、いい姓だね、すてきねえ、とわたしたちはとりかこんで讃えうらやましがったのだ。ほんとうに優雅な姓名であったから。京都ふうな……。

その頃わたしは朝鮮人の姓名が、家に付くものではなく、個人に付いていて、女といえども結婚によって姓名がかわることなどないのだ、ということを知らなかった。朝鮮では中国と同じように、姓名は生涯その個人に付き、たとえ結婚しようとも男も女も生誕の時の姓名を持ち続けるのだ。したがって一軒の家に夫の姓と妻の姓が同居する。

ここでことわっておきたいが、だからといって、朝鮮の女が男と平等に扱われていたというわけではない。日本の女とかわらぬ三界に家なしという状態は、産んだ子どもは父の姓を名乗るので一層深かったとさえいえる。が、ともあれ、そのように姓名は、民族としても、また個人にとっても不変のものであったのだ。それが閣議の決定によって改姓を強行させられた。もちろん朝鮮人の意見など全く問われることなく。

大邱の町には、まないた大の板に、楠木正成とか徳川家康とか大書した表札をかかげるヤンバンの家々があらわれた。わたしは怖れを覚えた。憤りの表現であることを強く感ずることが出来たから。

「太平洋戦下の朝鮮及台湾」という内務省作成の手書き資料は、昭和十九（一九四四）年七月の帝国議会における審議資料として、内務省が少部数を関係者に配布したものである。それに先に掲げた志願兵関係の数字も出ていた。またその資料には、徴兵制施行の準備段階として、官公私立の中学校以上の各学校に、洩れなく現役将校の配属を決めたことも記してある。慶州中学校に奉安殿が建ち、御真影《ごしんえい》が下付されたのも同年だった。御真影とは、天皇皇后の写真である。軍人勅諭は明治天皇が軍人に与えた勅諭で、それにより軍隊は天皇の軍隊となり天皇の命令は絶対のものだとされた。上官の命令は天皇の命令として服従以外に道はなくなった。教育勅語は同じく明治天皇が教育に関して下賜した勅語であり、全日本人の教育の根幹だった。そして戦争が激しくなるにともなって、教育の現場の実権は教育者から軍人の手に移った。つまり天皇の命令に直結した軍人の命令のままにということになっていった。配属将校と御真影の下付は学校の軍隊への直結をいみした。わたしも毎朝学校で、皇国臣民の誓詞をとなえた。小学校の時と同じように。

英語は敵国語だから授業からはぶくこととなった。テニスも庭球、バスケットも籠球と改める。教練の時間が増えて、なぎなた、木刀を習う。

海ゆかば　水漬くかばね
山ゆかば　草むすかばね
大君の辺にこそ　死なめ
かへりみは　せじ

スピーカーから毎朝流れてくるこの歌は、死ぬことを怖れるな、と国民に言う。政府からの通達は、水漬くかばねになれ、との方針一本で言論統制は激しくなった。新聞報道も制限され、情報は真実か否かわからない。

わたしは帰省する度に、わたし自身の身辺よりも深く、戦争が中学生のまわりに濃くなっているのを見る。従兄も航空隊に進路を定めている様子だ。その両親がグライダーを学校に寄付した。生徒たちは奉安殿に敬礼をし、歩調を正して校舎へ向かう。父は白い手袋を幾組か用意していた。教育勅語を読む時に義務付けられている。その手袋を母は買いに出ることはもう出来なくなっていた。

父は校務の中を日に一度帰宅すると、寝ている母を縁側の椅子まで抱いて行き、二人でしばし談笑した。そしてまた寝床へ戻すと、行ってくるよ、と、あたふたと学校へ向かう。わたしが帰った時、父は、この時間が一番のたのしみだよ、と言った。ほんの十分そこそこの時間だった。

母が、行ってらっしゃい、と病床から見送った。

母が福岡市の大学病院に入院して開腹手術を受けたのは、昭和十五年の夏の、母と子との旅行中のことだった。わたしたちは父母の郷里である福岡県に時折短い帰郷の旅をしていた。思わぬ事となって父がやって来た。わたしは妹弟を連れて先に帰ったが、秋には、母はすこしやせてはいたが、にっこりと帰って来た。そしてまた台所に立つようになった。テーブルいっぱいになるほどケーキを作っては人さまに配り、手製のにぎりずしを作ってはたのしむ。わたしは母の手術のことを、ほとんど忘れた。母は下宿にしばしば小包を送って来た。

帰省すると遠出はしないが起きている。数羽のにわとりを飼っているのだが、餌を与えつつしゃがんで眺めている。てのひらの餌をひなどりについばませている。そのしゃがんだ後姿を、すこしやせたようだ、とわたしはぬすみ見る。

「ただいまあ、おかあちゃん元気？」

「おかえりなさい。元気ですよ。ほら、このとりは手から餌を食べるの」

その表情をそっとうかがう。先の土曜日に帰った時と同じかどうか……。母はなんでもないことのように言ったのだ、「がんは転移するけれど和江も大きくなったことだし、お医者さまはいつも来てくださるし、おかあちゃんは気持ちは落着いているの。和江は心配しないでちゃんとお勉強しないとだめよ」

父も母もいつもとすこしもかわらないのでわたしも妹弟に何も言わない。母は昼間はみな出払うので、手伝いのオモニに用を言いつけると日本人形を作っていた。母の病気について旅行中にわたしは耳にしていたから、母は自分の心の整理はあとまわしにしてもわたしを力づけようとしていたのだ。わたしは自分の表情がかわったとは思っていないのだが自信がない。日本人形は藤娘であったり、汐汲みであったりした。時々応接間のブラインドのかげから、中学校で何事か行事があるのを、母はのびあがるようにして見ていた。父はたいそう忙しそうである。教練は日々強化された。が、また競技の球を追ってさざめく声々も絶えることなくひびいた。

いつの日曜であったか、わたしが朝起きた時には父も母もいなかった。

「どうしたのかしら」

「北川に行ったのよ、きっと。よく行ってるもの」

女学校の受験勉強をしている妹が教えてくれた。やがて両手に、おみなえし、かるかや、われもこうなどをどっさり抱えて二人は帰って来た。ござを敷いて母がそれらの秋草を新羅の壺に活ける。灰褐色の古い壺によく合った。父が縁側の椅子から、「愛子の腕前はまあそんなものだろ」と見ている。母は回復しているのだとわたしは思う。

妹も大邱高女に入学し、下宿の同じ部屋でわたしらは暮らすことになった。母にかわって初夏の服をわたしは妹に縫ってやる。母が下宿まで出て来ないから妹がかわいそうなのだ。ピンクの花模様の布でボレロも縫う。そして土曜日は一緒に帰った。玄関をあけると夕食の匂いがして、あ、元気なのだ、と思う。市場から物がすくなくなり、女学校の寮生が「ライスカレーにあぶらげが入ってたの。牛肉のかわりだって」と憤慨しはじめた。わたしの下宿も品数が落ちていたので、母は心づくしの夕食の湯気を立てている。ふとんは敷きのべてあるが、「疲れないように時々休むためだけど、めったに寝ないの」と言った。

そして夕食後、ひとしきり話して各自が散り、母も早めに休み父が書斎へ行く。わたしは父の部屋をちょっとのぞく。

「どうした」

「なんでもない。……あのね、国民精神作興叢書という文庫本が売られていたの。あれ、面白くないのね」

「買ったのか」

「はい」

「そうか。すこししらべものがあるので、おかあちゃんのそばに居てあげなさい」

わたしは引き返す。

父は何をしらべているのだろう。わたしはしらべる方角がこのところわからなくなっている。すこし父と話したいと思って帰って来た。が、父の体からは切迫したけはいが放たれていて、母と話す時間だけがやっとしぼり出されているのがわかる。国民精神とは何なのだろう。そんな質問は父にしか出来ない。誰も彼も自明のように総力戦を戦っている様子だから。

日曜日の夕方、妹とまた下宿へ戻る。母がふとんに坐って、「きのう一日中起きてたから今日はお休みするのよ。病気しないようにね」と言う。父は仕事に出て家にいない。その留守中の父の机の上に、どんな本があるのか見たいと急いで行って眺める。開いた本がいくつも重なり、原稿用紙が散っていて、さわることは出来ない思いがする。ひろい読んでもすこしもわからない。従兄と弟とが荷物を持って駅まで送ってくれた。二人は暗くなった頃に帰省するわたしらの迎えにも来てくれるのだった。さよなら、と言って汽車に乗る。下宿で学芸会用の妹の白いスカートを徹夜で縫った。ひだを取って体に合わせるのはむずかしかった。

わたしは学芸会の劇に出て、朝鮮服を着てすこし踊った。劇の題は忘れた。が、大東亜共栄圏に関するものであった。朝鮮人の娘の役をわたしは買って出たのだ。その頃はもう天皇のうんこなどと言ってふざけることをしなくなっていたが、でも、おそれ多くも、と言って皇室の話をする先生のことばを聞く時の心は、とてもあいまいだ。

作文の時間に短歌を作らせられた。出征が近いのではと噂《うわさ》のある先生だった。短歌など作ったことはないが、病む母と題して連作した。それらは次の週に黒板に書き出された。


あかあかと茜に映ゆるふるさとの山仰ぎます母は病みたり

書き出しの一首だが、ふるさとでひっかかった。が、南山に骨を埋めたいと思っているわたしたち家族の心の山だからいいだろうと、慶州の朝鮮人にことわりを言う思いが動いたのを覚えている。

母はあきらかに再発していた。が、枕元に坐ったわたしへ「寝ていてもいいから親は生きてなきゃと、お医者さんもおっしゃった。おかあちゃんは生きているからね。そんな人はいくらもいるのだもの。健一が中学生になって、和江がお嫁さんになって赤ちゃん産むまで、おかあちゃんは寝ててもちゃんと生きてるから安心してらっしゃい」と言う。

「ん……」

「うんってご返事がありますか。はいって言いなさい。あなた、長女ですよ。おとうちゃんを見てごらん。一日中お勉強して、お仕事にせい出してらっしゃるでしょ。あなたがそんなんじゃ、うちはどうなりますか」

「はい」

ふとんに起き上がった母の横で、ぽとりと涙をこぼす。

「しっかりなさい」

「はい……」

家にはオモニのほかに、日本人の家政婦のおばさんが住み込みで来ていた。六十ほどにみえた。

「おばさんに夕食のことを話しておいで。なんでも好きですって話してらっしゃい」

すこし背をかがめた背の高いおばさんはやさしい人だった。

「田舎者の味でごめんなさいね、お嬢ちゃん。

これ、なんていうものですか」

「マヨネーズです」

「どうやって使うのでしょう」

「あの、それ、あたしがやってみますから、おばさん、ほかのお料理してください」

わたしは涙の目で庖丁を使う。父に見られたら叱られる目だ。父は、母とわたしの会話を知らない。オモニは洗濯をして、「モッカン、ムリ……」とにんまりする。お風呂に水をいれたよ、と言ってるのだ。

「オモニ、ありがとう。もう帰るの？」

オモニが手を振って帰って行く。

弟が友だちの家から戻って来る。

わたしは帰省した日をこんなふうにしているのだが、娘たちの不在を母はどうやっているのだろうと思う。従兄と弟がにわとりに餌をやった。

木枯しが電線に鳴っている夜だった。

父が母のふとんのそばに卓袱台《ちゃぶだい》を置いて仕事をしていた。何か書いている。わたしも母の足元で母から借りた『次郎物語』を読んでいた。母は残り毛糸でぼつぼつと編物をしていた。ふとんに起き上がって。火鉢で鉄瓶が静かに鳴る。

「いい音色だな」

父が顔をあげた。

「先生はどうしておられるだろうな」

「そうですね」

母は編物を箱にいれて横になった。

「この鉄瓶はね、和江、おとうちゃんたちの結婚祝に煙山《けむやま》専太郎先生から贈っていただいたものだ」

「長いこともちますね」と母。

「煙山先生は早稲田でロシア革命史の講義をされた。おとうちゃんはたいそうかわいがっていただいた。和江が生まれた時もお祝が届いたよ」

「ふうん」

父が鉄瓶の湯を湯さましに注いだ。

「愛子も飲むか？」

「ください」

鉄瓶を火に戻すと、チーンと音色がかわる。

「安部磯雄先生からもかわいがられた。先生はクリスチャンで社会民衆党の党首になられたが、土地国有論とか産児制限論とか、幅広い活躍をされていた。それよりも早稲田の野球の育ての親だよ。安部先生が野球部を作られて遠征したり、ね。おとうちゃんはマネジャーだったからその方でもご縁がいろいろと深かったよ」

「富士山に登ったのもその先生と一緒？」

「いや、あれはまた別。

愛子、お茶が入った」

父は湯呑みを母に渡した。母が起きて飲む。

「いいお味……」

「大学を卒業する時おとうちゃんは首席だった。ドイツ留学が決まっていた……」

「行かなかったの？」

「急に行けなくなった。うちの都合で就職しなければならなくなったんだ」

「いろいろありましたね……」

「ん……」

二人が茶をすする。

「東京に大原社会問題研究所というのがある。倉敷紡績の大原孫三郎が出資して出来た社会問題の研究機関だ。ドイツから帰国したらそこに行くことになっていた」

父は鉄瓶の下の炭火に灰を寄せた。湯の音が沈んだ。わたしは何か言いたいと思った。

「そうなっていたらご縁はありませんでしたね」

「そうだなあ。

さ、愛子はもう休みなさい。

和江はまだ読むのか。読むのなら自分の部屋に行きなさい。灯を暗くしよう」

父が母を寝かしつけて、卓袱台を片付け書斎に行った。追想的になった父を憂う思いが湧いた。

わたしは一、二年生の頃よりもこまめに土曜・日曜を帰った。ある時、母が大事にしていた花器の銅製の品が、みんななくなっていた。どきりとした。

「お国にさしあげたのよ。金属回収で飛行機や大砲を作るんだって」

「でも、あの釣り下げる花器も？　あの立派なの。和江がゆずってもらいたいって思ってたのよ」

わたしは母が余命いくばくもないからと、生きることをあきらめたかに思われて、動悸が打つ。涙をこらえて母をにらむ。

「戦争のほうが大事でしょ」

「だって……」

戦争よりずっとあの花器の方が大事というのを呑みこんだ。言ってもいみもない情況だったから。それよりも母があれを国にとられて興奮してくれないのが、気にかかる。寝床で微笑なんかして。

「おかあちゃんがあの三日月の花器に活けたお花が和江は一番好きなのよ。あそこに吊るして……」

わたしは母の活花がもう見られなくなる思いがして声がふるえてしまう。

昭和十七年も末だった。国防婦人会の訓練にモンペを使用せよと通達があった。が、わたしの家は婦人会に出るべき母は病人である。父や従兄も外出には常にゲートルを巻く非常時なのだが。父が帰宅して、「愛子、モンペを買ってやったぞ」と寝床ににこにこと寄って行った。

天井を見上げて寝ていた母が、

「モンペをはけっておっしゃるの？」

と言った。

思わぬ反応だった。声がふるえていた。

「どうした」

父が驚いて坐った。そして、語調をかえて、「一着持っていれば心強いだろ。でも必要ないさ、日本は」と言った。それでも泣きそうな母はひるまなかった。

「あたし、モンペをはきたいの」

「それでは気分のいい時に使ってみなさい」

「はきたいけど、駄目なの。

あたし、着たいの。モンペでもなんでも。それでも駄目なの。どうしていじわるするの、おとうちゃん……」

目が赤くなっている。

父が、「愛子……」と言った。

「ぼくがわるかったね」

母がしゃくりあげた。きっと一日中、もうすぐいなくなる自分のことを一人で考えていたのだ。わたしは母の横に落ちている紙包を取って、そっと開いた。初めて見るモンペは、オモニのチマの下に着る中ばきに似ていた。足首にゴムが入っていた。黒い繻子《しゅす》布だった。

「和江、お台所に持って行って、おばさんに差し上げなさい」

父が言った。

早春となった。わたしもやがて四年生になる。ガダルカナル島からの撤退、ニューギニアの諸方での玉砕、輸送船団の撃沈が続く。

慶州中学校の第一回生の卒業も間近い。先生が一人出征された。わたしは小学校への通学の途上で記憶に刻まれた背の高い朝鮮人生徒たちが、日本人の生徒とともに「海ゆかば水漬くかばね」と歌っている声を、庭の梅の木を鋏で切りながら聞く。

花を母の部屋に持って行く。

「お上手」

母が活け方をほめた。

「きれいな梅ね、おかあちゃん」

わたしは、いつぞや母が、今年の梅の花が見られるかしらとつぶやいていたので、数輪ほころんだその花を持って行ったのだ。

「あのね、桜の蕾がうすあかくなっていたの。桜がひらいたらまた活けるから見てちょうだいね」

花瓶の梅を母はじっと見ていて返事を忘れている。

母の枕元で歌っていた朝鮮人の少女が、「おくさん花好きですか」と言った。

その子はこんど帰省した時母の枕元にいた。母が、「かしこいのよ、すぐ歌を覚えたの」と言った子だ。母の遊び相手として来はじめた様子だった。

「あ、おねえちゃんにさっきの唄を聞かせてごらん。和ちゃん、この子ほんとに上手なのよ」

母はうれしそうに言った。少女は歌った。

赤いかわいい牛の仔

田舎にもらわれて行きました

メエメエ　啼いたら　竹藪の

チュンチュン雀も見に来てた

わたしも母と歌ったことのあるその童謡をいい声で正確に歌った。

「ね！」

母は得意そうだった。

母が眠ったので、二人で温突《オンドル》の部屋に行った。あたたかな部屋の出窓にもたれて、

「あたしにこんどは朝鮮の唄を教えてよ」と頼んだ。

「好きな人が日本に行く唄でいい？」

「いいよ。教えて。朝鮮語でよ」

「あのね、波がざぶんざぶんとしているの。連絡船が出て行くの。男の人も女の人も泣いてハンカチで涙を拭くのよ」

「うん」

「そしてね、元気でねって言うのよ。日本にどうしても行くの。働きに、っていう唄よ」
「わかった。その唄教えて」
少女は母を気にしてちいさな声で歌った。高く細くひびいた。そして一節ずつわたしも真似して歌った。
パドヌン　ウロンウロン
エーラクセン　トウナンダ
「チャル　カソ」
「チャル　イッソ」
ヌンムルル　サンスウゴン
……
わたしはどうやら歌えるようになり、二人で繰り返し合唱した。少女にたずねながら勝手に訳してみると次のような唄だった。
波が鳴る鳴る
連絡船は出て行く
「お元気でね」

「達者でいろよ」
涙で濡れるハンカチ
心からおまえを
ほんとうにおまえを
愛しているので
涙かくして日本へ行くよ
「あのね……」少女が言った。
「何？」
「あのね、日本が戦争をするから雨が降らないのよ。それで日本に働きに行くの、雨が降らないからお米がとれないでしょう」
「戦争をするから雨が降らないって？　そんなことないのよ」
「おじいさんが言ったよ。大砲をどんどん撃つから空が乾くって」
「日本人もそんなこと言ってるけど……。でもそんなことないと思うよ」
「あるのよ。おじいさんが言ったもの」
「おじいさんが？」
ひそひそと話した。

「おじいさんがね、もうすぐ日本は敗けるって」

「そんなことないよ」

「ほんとうに敗けるって。あのね、王さまのお墓の前でお祈りしているよ、夜に」

「あなたのおじいさん？」

「よその人も一緒よ、敗けるように」

　窓の外で物音がするようで、わたしは唇に指を当ててうかがったあと、

「ほかの日本人に言ってはだめよ」

　と言った。

「言わない」

　五陵のしんとしていたたたずまいが浮かんだ。夜ふけに中学生たちもきっと祈っているだろう。自然なことだと思った。学校で奉安殿に敬礼をし、帰って王陵に日本の降伏を祈願するのは矛盾していると思えない。わたしも昼と夜とが同じ意識ではないもの。二人で連絡船の唄と牛の仔の童謡とを歌った。

　母の症状が急変した。

「いろいろありがと」と、少女に母が見えなくなる日をむけて礼を言った。「おくさんおくさん」取り乱して少女が泣いた。「もうお家にお帰りよ。またこんど遊ぼう」

わたしは少女の肩を抱いて、風呂敷包を持って玄関まで送った。「こんどチマチョゴリ作ってもらってあげる。桃色のかわいいの」「桃色いや」「どうして」「黒いのがいい、女学生みたいの」少女はそう言って帰って行った。

母は意識を失っていった。急変で縁者が集まった。が、数日して母は小康を得た。はっきりした声で話をする。笑ったりもする。安心して縁者は散って行った。慶州中学校の卒業式。父に白の手袋を出してあげた。

うらうらと春が来る。

弟が子犬を抱いて縁の外にうずくまっている。

数日後、昭和十八年四月二日の真昼、母が逝った。

父が額をなでつつ「ありがとう、ほんとにありがとう、ほんとうに、愛子は、よくしてくれたね……」と言った。

（二）

手もとに一通の父の手紙がある。

この手紙は、かつて満洲新聞社に勤めていた父の弟、つまりわたしにとっての叔父宛のもので、叔父が、敗戦でソヴィエトに抑留された留守を、叔母が子を連れて苦難な引揚げをするあいだも大切にして持ち帰ってくれたものである。帰国の折の困難を思う時、わたしは叔母の心をありがたく思わずにはおれない。叔父は帰国ののちは電通を経て、ビデオ・リサーチを創立し、先年亡くなった。縁者に守られていた四十年も昔の手紙である。母の最期を知らせたものだった。叔父は母の急変で駈けつけてくれたが、小康を得たので新京へ帰り、取材に出て葬式に来ることが出来なかった。

「帰京後の多忙、東奔西走のこと、貴翰にて承知仕つた。まことに相済まぬ事に思ふ。四月一日の夜和江が大邱から帰つて来た。節子と二人その前日大邱に出かけ、妹は残り姉は帰つて来たわけである。別に大した変化も見えなかつたので、看護婦さん、愛子、僕と和江の四名が、かの奥の部屋に寝た。皆睡つた。僕も睡つた。

夜半、ふと、愛子の声で目がさめた。氷がほしいといふのである。そこで氷を割つて湯呑茶碗にいれて来て、二、三片を与へ、和江がつづいて与へてゐた。いつものことゝて、別に気にもとめずに、又、深い睡に入つたのが一時半頃であつた。

次に覚めたのは六時頃だつた。顔でも拭いてやらうかと、近づくと、何だか息づかひが変である。ハアハア言つてゐる。口を開いて顎を動かして呼吸をしてゐる。はつと思つて『愛子、愛子』と呼んでみたが答へをせぬ。目は半眼がうつろに開いてゐる。

愈々《いよいよ》はつとして、皆を起し、医師を迎へたが、その時は既に霊魂は此の世に無く、ただ肉身が、去り逝く別れを僕等に告ぐるのみであつた。注射も甲斐が無かつた。医師は『静かにせられたがよからう』と、妻の名を呼ぶのをとどめた。次第に呼吸が迫つて来た。僕は妻の目を閉ぢさせた。

やがて、正午が来た。妻は、大きく、太く、然し乍ら静かに息をしたかと思ふと、がくりとなつた。臨終である。静かな、真に、愛子にふさはしい臨終であつた。僕は、合掌念仏した。不思議と涙もその時は出無かつた。

二日の夜の通夜。三日の夜の通夜。僕は人のすすめのままに夜半は寝た。

四日午後四時の葬儀にも人言によつて家から見送つた。

五日の骨拾ひ。これが、あの、我が妻の姿であらうかと泣いた。

六日、寺に礼詣りをした。

七日、初七日の逮夜、おつとめ。十四日、二七日《ふたなのか》お逮夜のおつとめがあつた。

三日夜の事だつた。吉中君が自宅に咲いた桜の花を持つて来てくれた。鶏林学校から木蓮をいただいた。それに柾木などあしらつて、仏前の供花が、きれいに、さつぱりと出来上つた。僕はさぞ愛子が喜んでゐるであらうと有り難く眺めてゐた。四、五人の人がゐた。愛子は未だ布団の上に寝てゐる。ただ顔に白布を覆うてあるのみである。

健一がつと、座敷に来て、床の前にゐざり、愛子の覆をとつて桜の花一枝をしきりに見せてゐる。やがて我慢が出来無くなつたか、大粒の涙を流して歔欷《きよき》嗚咽をはじめた。此の時僕は、真に、心の底から悲しかつた。流涕禁じ得なかつた。今これを書き乍らも涙が出る。

僕は、めつたに家内と争つた事が無かつた。何かの事で、手を当てた事が一度あつたやうに記憶する。僕等は、仲のいい夫婦といふ事を得るであらうかと思ふ。

ところが僕は、妻と連れだつて歩くといふ事をあまりやらなかつた。時に、稀にこれをやると非常に嬉しがつてゐたやうである。僕は大邱にゐる時も殆んど、例へば映画など一緒に見た事が無かつた。慶州五ケ年に、はつきり僕が憶えてゐるのは二度しか無い。

仏国寺へも一度行つたきりのやうである。海雲台にはたしか二度か行つた。僕は、今にして、せめて京城くらゐは連れて行くべきであつたと、しみじみ後悔してゐる。東京には一度行き度いとは思つてゐたが、遂に果さずして彼女は別世した。僕は非常にこれを残念に思ふ。僕が、位牌を持ち、写真をしのばせて行くとしても、僕の心が慰むのみである。

着物や持物なども僕は買つてやつた事はごく稀であつた。何だつたか忘れてしまつたが、たしか大郎からゆかたかモスか何かをしぶしぶ買つて来てやつた時に、子供達に『お父ちやんは見立てが上手上手』と喜んでゐた事、東京に行つた土産に革製の草履を買つて来た時に、とても喜んだ事等思ひ出す。かうした事を思ひ出し乍ら、うはごとに、『お父ちやんと東京に行く』とか、『あたしもおしやれしようか』などと言つた事を思ふと、腸をかきむしらるるの感がある。

要するに僕は、あまり妻を喜ばすといふやうな事をやらなかつたといふ事になる。しみじみ済まぬ事と思ふ。

庫　次

実　君

四月十四日

母愛子、桜の頃死んだ。三十六歳だった。

慶州中学校の一回生が語った。

「三月の終り頃、もう暗くなっていた時に校長官舎から火のたまがすうっと飛んで行くのを見た友だちがいます。朝鮮では魂の火と言いますけど、魂の火が体から出ると長く生きていけないと言うのです。校長官舎から出たその魂の火は屋根のあたりをゆらゆらして、そして南山の方にまっすぐ飛んで行って消えたそうです。校長先生のおくさんのご病気がいよいよいけないのだと話し合いました」

「そうですか……」

　母は日本人だけど朝鮮で生きたのだからそのようなことがあるかもしれない、と、南山に向かって消えたという母の魂を思った。ご先祖さまはいつもどこかで見ていらっしゃる、嘘をついても見ていらっしゃるのよ、と言った母は、やっぱり見ているのだろうか。

　わたしは弟たちにキンピラごぼうや牛肉のつくだ煮をこしらえて下宿へ行った。が、一カ月あまりたった五月も終り頃、校長室に呼ばれた。

「おかあさんが亡くなられてさみしくなったろう。すこしは落着きましたか」

　校長先生はためらう風情だったが、「おとうさんとも話したのだが」と言って、

「おとうさんがこんど金泉《きんせん》中学校に転任されることになった」

　と言われた。

「え？」

　わたしは帰省の時にはなんの話もなかったことを思った。二七日《ふたなのか》の仏事も終りやっと新学期の学校に戻って、父はまた厳しいが、しかしその心を汲んでくれる先生や生徒のいる職場で傷心に耐えてもいようと思っていたのだ。父ははた目にも痛々しかっ

た。魂の火は体内で消えたかにみえた。

どういうことなのだろう。何があったのだろう。わたしは父が「おとうちゃんは前と後ろから銃を向けられている……」と言ったことを思い出しながら、校長先生を見つめた。

「どうだろうね、おとうさんはそうはおっしゃらないのだが、君は金泉の女学校に転校する気はありませんか。あそこにも新設の女学校があるんだが」

「はい……」

父はすでに転居の荷を造っているのか。

「進学希望だろうね、あなたは」

「はい、そのつもりでいます」

「それならなおのこと、ここに居たいだろうが。おとうさんがおさみしいだろうと思ってね」

「ありがとうございます。転校することにいたします」

「女学校が地元にあるのだから……。おとうさんもその方が……」

「はい。その方がわたしも落着きます」

「妹さんはどうだろうか」

先生はあなたからおとうさんにお話してごらんと言われた。わたしは妹と相談し、父に電話をかけ、あわただしく荷造りをした。ふとん袋を二人でくくった。金泉は大邱から一時間半ほど西北に汽車で行った所にある郡庁の所在地で、秋風嶺を越すと忠清北道になる。慶州とは大邱をはさんで反対側に当る。父はすぐにも転任するとのことなので、わたしたちはそのまま大邱にいて、駅で落合うことにした。友だちとあわただしく記念写真をとり、別れの集まりをした。卒業まで十カ月もないのだが……。

慶州にわたしは帰省したかったし、わたし以上に父をその地に居させたかった。父が生徒たちの一人一人に気配りをしている様子は父母の会話によくうかがえた。それは公立中学というよりも塾と言うにふさわしいと思うような配慮であった。わたしは心にとまっている一人の生徒について父に問うたことがある。父は「ああその生徒は家族ともどもクリスチャンだ」と言った。「しっかりした信念を持った青年だ。無口だ」と言った。

「国の歴史も大事だが、国家は国民の集まりだ。個人がその家の歴史を大切にするのはこんな時局なら、なお大事だ。朝鮮は日本と違って家々の歴史を重視している。だからおとうちゃんは、生徒に自分の家の歴史をしらべてくるよう宿題にした」

その時わたしは、ふうん、と言っていたが、それは皇国臣民の意識に逆行しはしないのか。それと平行するものなのかどうか、と、ちらと思ったのだ。朝鮮総督府が定めた中等学校の歴史の教授法に「郷土史料には特殊の顧念を払ふこと」というのがある。ここで言う郷土史料とは朝鮮史をも含んでいる。その上「日鮮関係の史実は特殊の取扱をなすこと」と特に明記してある。特殊についてその内容は記されていない。が、教育の大綱が皇国臣民への道にあるわけだから、日本中心の郷土史の史実ということになる。それは史実というよりも歴史をゆがめたもの、と、今なら言うことが出来るのだが。

それでも、ともあれ日本史とは別に、朝鮮人生徒の家の歴史を認識し合いながら、ともどもに承認できる関係を見出したいというのは、皇国臣民として戦争下に生きるほかに道のない父の、懸命な模索だったに違いない。が、わたしは、突然の父の転任を、それら模索を問いつめられた結果と受け取っていた。心が緊張する。

わたしは妹と二人で大邱の駅で家族を待った。慶州からやって来た汽車がプラットホームに入った。汽車から降りて来たのは、父と弟の二人だった。母の姿はない。

当然なことなのに、納得できずにいるのを押しかくして、妹もわたしもにこにこと寄って行った。父も、母の分ともども降りて来たように「待ったか」と笑顔で言った。

葬式の頃よりすこし元気に見えた。

「康《こう》ちゃんは？」

妹とわたしは従兄のことをたずねた。

「康資は中野の家に卒業まで下宿させてもらうことにした」

父が答えた。従兄の親友の家であった。弟が母の骨壺を白布でくるんで抱いていた。四人で金泉行きの汽車に乗った。父がわたしと妹の決断をねぎらってくれた。列車は釜山と京城とを結ぶ京釜線で広軌の鉄道である。ゆったりと座席についた。窓外に明るい初夏の光が流れた。

「こんなものをちょうだいした。古代の品だと言われたが……」

父は慶州駅頭で見送りの朝鮮人の方々から贈られたという小箱をわたしに渡した。

「なんでしょう」

ゆれる窓辺で開いた。

人さし指ほどの黒ずんだ金の仏像であった。父は無言でみつめた。わたしの目もうるんだ。父がつぶやいた。

「おかあちゃんがうれしがっているだろう……」

わたしは通学カバンに納めた。

（三）

金泉駅の駅前に中学の四、五年生と思われる数十人の生徒が先生に連れられて並んでいた。だらしない立姿だ、と、とっさに思った。慶州の中学生たちの清冽な表情がここにはない。

父は生徒たちの正面に歩いて行った。わたしは妹弟と一緒にはずれた所に佇《たたず》んだ。引率の先生が、敬礼と号令をかけられ、敬礼する生徒たちに父は答礼した。そして生徒たちを一通り眺め、ごくろう、と言った。何か話でもあるかというけはいの一瞬が過ぎ、父が軽くうなずくかに立つ。引率の先生が「それではここで解散する。もう一度校長先生に敬礼」と言った。端にいた一人の生徒が、ちぇ！　と舌打ちをし、足元の石ころをちいさく蹴った。みなぞろぞろと散った。

用意されていた家に入った。

炊事をすることは苦にならない。家族の心を引き立てたくて、すぐに茶を沸かした。大きな荷物は手伝いの人びとが整理してくれていた。明くる日父と一緒に、弟が転入する小学校やわたしたちが通う女学校を見に行った。金泉はゆるい坂道の多い赤茶けた町だった。坂道のほとりに日本人の商店が並んでいた。

わたしたちが着いて幾日もたたぬ頃、大邸の日本人家政婦会から六十くらいの元気なおばさんがやって来た。太っていて声も大きい。おばさんは早速ご飯を炊いてくれた。

「南瓜ご飯はあたしの好物なんですよ。おいしいですよ」

ご飯の中に南瓜が刻みこんであった。心に涙がするすると伝わり落ちた。母はもういないのである。父も弟も南瓜は好まなかったが、めずらしいですね、と言って食べた。

妹と手をつないで金泉高女へ通う。わたしは妹の表情ばかりぬすみ見をする。家族は誰もさみしいとは言わない。おかあちゃんはこんなことしていたね、とも言わない。弟もランドセルを背負って学校へ行った。わたしは短い靴下を出してやった。

細道を妹と歩く。妹がだまって歩く。

「ここはキーサン学校だってよ」

とある長屋ふうの家の下を行く時にそう話した。こっくりとうなずく。妹は父に似て、髪の毛がゆるく巻いている。そのオカッパの頭をうなずかせるだけだ。

「キーサンの勉強はね、お琴だとか唄だとかいろいろむずかしいってよ。知ってる?」

女学校は町のはしの方にあって、通学路は朝鮮人の家々のあいだの道を辿る。わたしたちは六月一日から通い出した。家の影が長く落ちている朝の道に、アブジたちが寝ころがってよく眠っている。

「道に寝るのね」

「お家の中が暑いのね、踏まないように気をつけてね」

わたしも妹も、避けて通れぬ細道を、人びとの足のあいだを爪先立って拾い歩いた。この町は小白山脈に近いので平野の町ではないのだろう。田畠もひろがっているわけではなく、山地をひらいて粟や高粱《コウリャン》を作っているのだろう。道に寝ている人びとはそのような畠で働くのかもしれぬ。疲れた寝姿の人の足先に当らぬように歩く。

弟は思ったより元気に登校し、友だちも出来たよ、と言った。彼も入学試験をひかえているので、わたしは母の真似をして弟に試験に出そうな漢字をひろっては、ちいさなノートに仮名書きしてやる。

「仮名帳作っておいたよ。時々やってみたら」

日曜日の午後から父が金泉中学校へ三人を連れて行ってくれた。町を出はずれて山に沿って西へ行く。朝鮮人の家の藁屋根にあおあおとパカチが這い白い花が咲いていている。山の麓は田がひろがっていた。学校までかなりある。わたしたちは久しぶりに四人揃って散歩に出て、たがいに笑い顔を向け合っていた。

学校の校舎が緑濃い山の裾にレンガ造りで建っていた。

「りっぱな学校！」

弟が言った。

「朝鮮人のためのキリスト教の私立学校だったんだよ」

「ずいぶん昔に建ったのでしょうね、西洋ふうだもの」

「玄関から入ろうか、あいてるかな」

父が先立った。

しんかんとした校舎の中に足音がこだまする。

「いい所に建っているのね」

「廊下もきれいだね、おとうちゃん」

弟がずんずん歩いて行く。

「ね、おとうちゃん、とてもお金をかけた学校ね」

わたしは言った。

「そうだな、かなり以前に教会の出資金で建てたものだと聞いている。しかし生徒たちは気の毒だ。ところかまわず小便をしていたよ。この廊下でもしていたそうだ」

「なぜなの」

「戦争になって、だんだんとキリスト教は活動がしにくくなった。内地でも、朝鮮でも。ここの校主や校長もクリスチャンの朝鮮人だったそうだ。はっきりしたことはわからないが、たしか今は刑務所の中だ。生徒たちはそのことを知っている。とにかく校舎は汚物でよごれていた」

「……」

わたしはことばを呑みこんだ。今廊下は清潔である。生徒たちは校主や校長を弾圧した当局への抵抗を、ところかまわぬ放尿などで示していたのだ。

父は小指ほどのマリア観音を持っていた。像は赤ん坊を抱いている。観音像に似ているがマリアだと聞いた。かつて九州の長崎や平戸あたりの信徒が、かくれキリシタンであった頃持っていたものとも、その解禁直後の明治初期に作られたものともいう青銅の像である。わたしがものごころついた頃から父の机の上にあった。今は仏壇の中に母の位牌と共にある。母がいたなら父は何かを語るだろう。話相手もなしにわたしたちを連れて来て、今はつるつるに光っている廊下を歩く父の立場を、わたしはただ不安に思うばかりである。

その日わたしたちは、幾年ものあいだ戸外の光にふれることなどなかった気がして、心をよりそわせるようにゆっくりと帰った。父は「今年は和江と健一は受験勉強だな、体に気をつけてやりなさい」などと、ようやく子どものことを話す折を得たという風情で語る。が、わたしは父母の語らいが聞けなくなったので、父の心を推察する手がかりをなくしたように不安で、父が追いつめられているように思えてならない。父が多くのことを自分だけの胸に納めているのを感じている。ちょうどわたしが、王さまの墓に日本の敗戦を祈っていると聞いて、日本人に話すなとささやいたように。「日本人はスパイなのよ。おじいさんにもよく話しておいてね」わたしはそうも言ったのだ。教育はすっかり軍隊の手に握られている。わたしは父が抗日意識の強い学園へ追われ、背後からねらわれている思いがするのだが、家族の中で話せずにいた。

父は学校に気がゆるせないのか、朝早く出かける。

「行ってらっしゃい」

わたしたちは父を見送ってから食事をした。月末に父から給料袋を渡された。

「おとうちゃんは忙しいから帰りがおそくなる。和江が電気代や水道代などこれから払って、おばさんにもお買物などたのみなさい」

はい、とわたしは受取った。が、すぐにそれを見失った。

「どこにもないの。どこに置いたか忘れたの」

ようやく帰って来た父に詫びた。こんなわたしを頼みに父は暮らさねばならない。悲しい表情でわたしを見たが、「そうか」と言った。そして幾許か入った封筒をくれた。

暑くなって来た。妹と弟に、母がしていたようにかき氷を作ってやろうと思った。氷を買って来たが大き過ぎた。

「ちょっと氷をおさえていてね」

氷割りで氷の塊りを思い切り叩いた。フォークのような形の氷割りの一本が、わたしの左手の爪を刺した。頭を揃えて氷をおさえていた妹と弟が、急いで薬箱をかかえて来た。止血をし、口数すくなくかき氷を作りながら、戦争がわたしたち家族の中に錐をもむように刺さり、予期せぬ方向へ追うのを体をたわめて耐えている気がしてしまう。

わたしはおばさんが母のきものを風呂敷に包んで持ち出すのに気づいたが、差し上げようと思った。父に「いいものではないの。だまっていたけど、ごめんなさい」とあやまった。「かまわん」と父は言った。母にもすまぬが、でも今はそれどころでなく思える。

おばさんは元気がいい。時々三十代後半の息子がやって来る。機関士だとのことで一休みしてから汽車に乗る。戦争のことなど忘れているようだ。おばさんはうどんを打ってくれた。

「あたしはコツを知ってるんですよ。くにで食堂してたもの」

「食堂！　すごいのね」

一緒に夕食の片付けをしつつ話す。おばさんが打ってくれたうどんはおいしかった。

「うちのさぬきうどんって言えば有名なもんだったのよ。うちはね、ソバも有名だったの。コツ教えろ教えろって人が言うけどね、教えなかった。

あのね、お嬢ちゃんにだけ教えるけど人に言っちゃ駄目よ。ソバはね、ソバ粉とうどん粉とをまぜて打つの。ソバ粉が多いと色はいいけどぷつぷつ切れるの。うどん粉が多いと色が白くてソバらしくないの、切れないけどね。

それでね、うちのコツってのはね、うどん粉を多いめにして、そして、かまどの煤をすこしまぜて打つのよ。いいのが出来るよ」

「かまどの煤ですか」

「ソバ粉がたっぷり入っているように見えるんだよ」

おばさんは休みの日には大邱にある自宅に帰った。わたしは夕食後おそくまで受験勉強をする。進学希望者がいないので見当がつかないが、参考資料を眺めては手探りしていた。時々学校の図書室の本を開いて折口信夫などを読む。どこか神がかりふうな文学論が書いてある。天皇のことが多い。

修身の時間は校長先生の受持ちの時間だった。静かに教室に来られて、「精神を統一して心を一点に集中し、随順を旨として生きよ」と話がある。随順と書いた白い紙が、皇国臣民の誓詞を書いた紙とともに正面にかかげてある。皇国臣民の誓詞は小学校をはじめ、どこの学校にもかかげてあるのだ。随順は校長先生の教育理念だった。随順とは、意のままに従うとの意である。それは従順よりも滅私に近い心であり、婦徳としてこれ以上のものはないと校長先生は考えておられる。わたしにはその音のひびきが気にいらぬ。内容については、わたしは自由を尊んでいるので心にとめない。その日もいつもの授業のように、「精神統一。目をつむれ」と、声がかかった。教室は水を打ったようになる。

精神を統一すれば大和魂が見えてくる。その魂は神につかえる心である。日本の神は天皇である。随順は神のまにまに、であって、神ながらの精神を説く折口文学の心情に近い。折口信夫の『国文学の発生』には高天原の神々の心に通ずる文学論が書かれていた。わたしは文科へ進みたいのだった。

校長先生が生徒の机のあいだを歩かれる靴音が、こつ、こつ、とする。わたしたちはかなりの時間を正しく背を伸ばして目を閉ざしていた。こんなふうに自分の内側しか見えない時間をわたしは苦にはしない。このところ目を開いていてもそうしているのと同じで、母を思い、明日を思っている。

「そのまま静かに両手を前に出せ」と、校長先生の声がする。「掌を上に向けて両手を揃えよ」

わたしたちは目を閉ざしたまま、両手を胸の前に出す。その手を見れば精神が随順な状態であるかどうかすぐわかる、とのことである。先生の足音が、こつ、こつ、と前の方からして、「よし」と一人ずつ言われる。よし、と言われると手を膝に下ろす。

こうしたどこか神がかりふうな傾向は、皇紀二千六百年式典ののちいろいろな場所で目につき出したのだ。英霊に黙禱をするのはいつものことだが、天皇を現人神《あらひとがみ》と呼んで生きている神であるとし、国文学も折口信夫にみられるように、天皇の神ながらについて論じその不死を語る時勢である。女学校の授業に論理性が排除されていくのはふしぎのない道行きだった。わたしは大邱の下宿にいた時に、友だちの家をたずねて行く道すがら、とある日本人の家の中から鉦《かね》太鼓の音がするので寄って行ったことがあった。数人の人たちが車座になっていた。奥の方に天照大神と大書した掛軸がかかっていて、女たちが何か大声で念じながら鉦太鼓を打っていた。一人の女が立ち上がって全身をふるわせているのが見えた。

　こつ、こつ、と靴音はゆっくりとわたしの机のそばまで来て立ちどまり、わたしが胸の前に出している掌に、「今朝親に口答えをして来ている。反省せよ」と言って次へ行かれた。わたしは手を下ろした。

　苦笑が浮きそうになるのをこらえて目を閉じていた。その日も父は朝早くから学校へ行っている。校主たちをうばわれている朝鮮人生徒の、いわば思想統制に苦慮しているのだ。その父へ口答えしたい気のあるはずもない。もし、わたしに不服従の徴候があるとするなら、それは前日読んだ折口文学論への余波か。それでも目を閉ざしてわたしは明るいことばかり考えようとしていたのだ。木下利玄の短歌はよかったな、とか。中でも「牡丹花は咲き定まりてしづかなり花の占めたる位置の確かさ」というのは、わたしはとても好き、とか。

　しかし現実は切迫しているのだった。アッツ島に米兵が上陸し、日本兵が全員玉砕したのが一般にも知らされた。そして、引き続いてソロモン群島やニューギニアの日本軍基地が攻撃を受けている。「撃ちてし止まむ」という決戦標語が至る所に書いてある。神風がいずれは吹くから大丈夫だ、と、まじめに論じられる。わたしは父を気にしたが、金泉中学についてその後父にもたずねなかったし、友だちにも何も問わなかった。大邱にいた時のこと、太平洋戦争になって各地の西洋人の神父が投獄されたらしいとの噂を聞いた。また朝鮮人神父も神社参拝を拒否して投獄され教会も閉鎖され獄死した人もいるそうだと耳にしていた。そのような動きのあったあと、父は教育界をも掌握している軍部の意向のままにまに、問題の多い元私立校の金泉中学に送りこまれたわけである。わたしは憂えていた。

一学期はすぐに終った。成績表の修身は乙となっていた。テストなどはなかったから精神統一による判断だろう。それはわたしに対する判断以上のいみが含まれているように思えた。金泉に中等学校は中学校と女学校しかなかったから、当然校長どうし意見を交わすこともあるだろう。校長先生はわたしの態度を通して父を見たのかもしれず、父に対する判定かもしれないと考えたりしたのだった。

精神統一ってなんだろ。

わたしはやってみることにした。大和魂とも古代文学論とも別に。わたしの精神のために。わたしは家族が眠ってから、きちんと正座した。正座は体の中心に精神が納まるようでわたしは好んでいる。茶道も作法もそういういみできらいではない。が、それだけでは心細くて両手を合わせた。目をつむった。心を空しくしようと努めた。何も思うまい。体の力を抜いていく。やさしく、柔らかに……。

どのくらい経ったかわからない。頭の芯が冷たくなった。体が柔らかになった気がするが、姿勢をくずさずにいる。虫の音が冷たい頭をつきぬける。かすかに体が前後にゆれ、すこしずつ大きくゆれ出す。胸の前で合掌している両手も前後にゆれる。ゆれにまかせていると、正座している体はその姿勢のまま軽く跳び上がった。まるでバネ仕掛けのように。そしてリズムも軽やかにわたしの体は跳び上がり続けた。畳から数センチは両足もろとも跳び上がっていた。意識に命ぜられることなく動く自分の体を初めて体験した。

わたしは目を細く開いて見た。高めの位置についている窓から、向こうの家の灯が跳び上がる度に見えた。精神統一とはこんなことなのだろうか。きっと、これが心身の統一なのだろう。そう思ったわたしはこわくなった。いつか大邸で見た、神がかりした女を思い出した。わかったからもう止そう。わたしは目をちゃんと開いて合掌をといて、大きく伸びをした。もう今夜は勉強も止そう。窓に鍵をかけ、妹たちが眠っている蚊帳の裾をうちわであおいで蚊を払うと、中へ入って横になった。折口信夫がその文学論の中に書いていた。何百年も同じ名の同じ人格の同じ感情で同じ神に仕える常若《とこわか》の巫女《みこ》のことを。彼女は神がかりしてみせたというけれど、こんなことを途中でやめることなくしていたのだろうか。現人神とか撃ちてし止まむとかの勉強が国文学だというのは、どうしてなのだろう。奈良は慶州に似ているという。奈良に行けばわたしは文学がわかるだろうか。

海ゆかば　水漬くかばね

山ゆかば　草むすかばね

大君の辺にこそ　死なめ

かへりみは　せじ

ことばもその心も美しかった。この美しさにわたしは到達できるだろうか。

慶州に残っている従兄は航空隊をめざしているだろうし、小学校の同級生の男子たちもそれぞれ進路を定めているに違いない。わたしも追いつめられた思いだが、しかし、女学校ではまだモンペも用いてはいない。学校への往来の道は新開の道路なのか赤茶けた土がむき出していて、残暑の夕焼けの中をチゲを負って行くアブジたちの白衣が水に飢えて感じられるのだった。同級生は一クラスだけで四十数名。わたしは進路に迷いが立ちこめていて、学校の日々はうわの空になる。

全校生徒がぞろぞろと校庭へ向かっていた時だった。わたしの前を歩いていた三、四人が、ふっと踊りのしぐさをした。それはかつてよく見ていた朝鮮人たちの、ジーンチナーレーと踊っていた、あの両手を肩の高さに上げて舞うしぐさであった。セーラー服の大勢の人の中で、はっとする鮮烈さだった。二言三言朝鮮語を素早く交換し、あははは、と嘲笑するかに笑った。胸を突くような激しさで、それは、朝鮮人であることの、そして抗日の、デモンストレーションのようにわたしをゆさぶった。創氏改名をしていたクラスメートたちであった。

わたしは彼女たちと親しくなる折を持たぬような、心迷う受験前の境地にいたから、その短くて鋭い朝鮮語の交換は、セーラー服の下に刃物でも持つほどの確固とした立場を告げられた気がしたのだ。

近くの朝鮮人の友人宅へ行った時も、同じようなおびえを感じた。妹と一緒に訪れたその家の表戸は閉まっていたので、塀に沿って横手に廻った。下働きの女に招じいれられて、邸内のとある部屋に入った。住いはいくつかに分かれて独立している。芍《しゃく》薬《やく》などの花壇の向こうにも部屋が建っていて使用人の女が往来していた。友人の温突部屋で話していると障子戸の外側から朝鮮語がそっとかけられ、膳に盛ったおやつを、うやうやしく中年の女が運んで来た。お膳がわたしたちのあいだに置かれた。友人が短く、「カラ！（去れ）」と言った。女は深く礼をして部屋を出た。彼女付きの使用人とのことであった。真似のできぬひややかな声であったが、その声には不動の意志の如きものがひそんでいてわたしをおそれさせた。友人はおとうさんの第二夫人のことで悩んでいたのだが。

秋になりイタリアの降伏が伝えられ、兵役法がかわったとかで父が二十数年前の奉公袋を出した。父もいつ招集されるかわからないことになったという。南方の島々に次々と米軍が上陸する。そして十月、朝鮮海峡を往来して釜山と下関とを結んでいた連絡船の崑崙丸が、アメリカの潜水艦によって撃沈された。

朝鮮海峡までも米軍は出没しているのだった。わたしは海を渡って内地の上級学校に進学するのがこわくなった。父のもとから離れたくない。

「和江はそんなにふらふらしていたのか。今は戦争中だ。どこにでも危険はある。勉強したくないのならきっぱり止めなさい」

「勉強したくないのではありません」

「これから先は女といえども仕事が出来ないといかん。勉強するつもりなら、やり通しなさい。金泉にいるつもりなら、君に来てくれないかと言っている小学校がある。お役に立つことをしなさい」

「来てくれないかって、先生？」

「代用教員だ。先生方が出征されて手が足りない。女学校を出たらすぐ欲しいそうだ」

「いやよ。いやです。なんにも知らないもの」

「自分で決めなさい」

はい、とわたしは言った。霧の中にいるように何も感じとれない。こんなわたしに小学校の代用教員がつとまるわけがない。やっぱり思い切って連絡船に乗って学校へ行こうと、そんな思いでいる。

寒くなって来た頃、「決めたか」と父が言った。

「受験します」

「そうか。どちらであれ、自分で決めることが大事だ。

ぼくから一つ頼みがある。受験することに決めたのなら当然受験校も決めているだろう。しかし、学校は福岡女専にしなさい」

「福岡！　どうして！　どうしても？」

父は母が縫ったたんぜんを着ていた。わたしの勉強部屋に来てそう言ったのだ。

「心に決めていた学校を受けられずに無念だろうが、戦局がここまで来た。万一の場合福岡なら三男さんの家がある。本家だから遠慮はいらん。送金ができなくなったり、食糧が絶えて寮が閉鎖した場合は、三男さんの会社で働かしてもらいなさい」

わたしは返事が出なかった。それでも父の目を見ていると、つい、何度もうなずく。

もう一度どこへも行きたくないと言いたくなるのだが、深くうなずいた。福岡県立女子専門学校の名は知らなかった。そこにも文科はあると父は言った。やがて規則書が届いた。防空と節電のために制限された灯りのもとで開いた書類には、教育に関する戦時非常措置方策に従って、文科系は理科系へ転換を計った、として、昭和十九年度の新入学生からは国文科・英文科は廃止し、物理化学科と数学科を新設する、と記してあった。他に家政科がありいくつかの学科が書いてある。まさか女子校まで文科系の縮小が計られようとは想像しなかった。全国の高等学校・大学が文科系の縮小や転換をとらされていたのだが。そして学生のための徴兵延期も廃止され学徒出陣が始まっていた。戦争がわたしにも具体的に迫って来ていることを、つくづくと感じた。わたしは暗い灯の下で繰り返しその規則書を読み、残されたただ一つの航路を辿るかのように、家政保健科を選んだ。

「文科の先生方も残っておられるはずだ。進路は自ら拓かねばひろがりはしない。やるだけやってみなさい」

父がそう言って慰めてくれた。

誰かが父をたずねて来た。玄関で客の低い声。すぐに帰って行った。机に向かっていると、父が来た。ゲートルを巻いている。

「ちょっと出て来る」

もう夜もおそかった。手袋もしていない。もとよりオーバーも着ていない。国民服だけである。外は零度を下っているだろう。

「戸締りをして休みなさい」

「おそくなるの？」

「心配しないでいい。玄関の合鍵を持っているから締めていなさい。あまりおそくならぬよう適当なところで切り上げて休みなさい」

風が吹く戸外へ出て行った。わたしは父は山狩りに引き出されたと思った。わたしの進学と同時に軍隊に行く徴兵制度下の朝鮮人は二十六万六千余人である。適齢となった金泉中学校の卒業生もいるだろう。徴兵拒否で山へ走り込んだ気がしてならない。

ここには慶州のような王陵はない。老人の祈りの場はどこにあるのか。オモニが夜の地面を打ち叩いて泣いている気がする。

冬は一層寒くなった。

タオルをしぼるとしぼったまま凍っていく。夜更けまで起きていたわたしは、台所にお茶を取りに行った。灯をつけようとした時、ぽっと窓の外が明るくなった。駈け出すと壁ぎわに積んでいる薪に火がついていた。台所の水槽にバケツをつっこみ、たて続けに数杯かけた。燃えついたばかりの火が沈んだ。それでも幾杯かの水をかけ、手でさわって確めて、火の気のないのを風の中でしばし見守った。空は暗かった。星が出ていない。誰かに火をつけられたと思いたくなかった。父にも知らせたくなかった。部屋へ戻って濡れた靴下を替えた。じっと坐り続けた。

明くる朝出勤前の父に「ゆうべおそく、そこの薪がちょっと燃えたので水をかけて消しました」と報告した。父は「そうか」と言い、しもやけでふくれた素手のまま、国民服にゲートル姿で出て行った。肩が寒々としている。ほかの先生方はオーバーぐらい着ていらっしゃる、と言いたいが止している。生徒を叱咤激励せねばならない。

こんなふうに暮らしているが、孤立感があるわけではない。妹や弟たちがわたしのように過敏になっているとも思えない。母が亡くなったあとの父を慰めるかのように、慶州中学の卒業生はしばしばやって来て冗談を言って帰って行く。大邱での教え子がりんごの初生りをとどけてくれる。キムチの壺などかかえて旧知がやって来る。金泉の人たちはきめ細やかではないが、地面に寝ころぶような質朴さで母のないわたしらに接してくれる。ただ戦局が生命にかかわる度合いが深くなるに伴って、日本人は敵だ、と考えておかしくないと、わたしの中の朝鮮が言うのだ。それでいてわたしは内地に留学して勉強をし、朝鮮に帰って仕事をするつもりでいる。

年の暮れになり、父も留守で、おばさんも休みの日に大きな魚を朝鮮人の知人からいただいた。それはむき出しのまま顎に縄を通してぶらさげて持って来てくれたのだ。この人はいつかも生きた鶏を二羽、足をくってぶらさげて来て、節電で暗い玄関に出たわたしの肝《きも》を冷えさせた。厚く礼を言ったが、彼が帰るとすぐに鶏は縄を解いて放してやった。鋭い声を立てて闇に消えた。が、今度は魚である。

わたしは困惑したが料理することにした。正月用に、と思った。勉強を中止してとりかかったが、なんと、その魚はこつんこつんに凍っていた。丸太のように大きな、凍った魚である。土間にころがして熱湯をかけた。出刃の上から金槌で叩いた。びくともしない。このように凍った魚をわたしは初めて見た。今まで出刃庖丁が役立たぬということがあったろうか。野菜類は凍らぬように土中に埋めて保存しているが、それにしても魚がこんなに凍ることがあるのだろうか。

母は「おかあちゃんがいなくなったら思い出して作るのよ」と、魚や貝やかになどの料理をして見せた。が、凍った魚などなかった。たらばがには真冬も氷詰めの大きな魚箱の中に入っていた。人の顔ほどある胴から鋏をはずす時、出刃と金槌を使った。が、氷詰めのかにの身だって、こんなに固くなかった。

「ごめんね。煮てあげたいのにおねえちゃんに出来ない」

熱湯をかけたり、ノミを打ち込んだりしているわたしを手伝っている妹と弟が、

「いいよ、お魚好きでないもの」

「ぼくもお肉でいいよ」

と、それぞれ言った。

わたしたちはその大きな魚を裏のごみ箱に捨てた。ブリであった。

昭和十八（一九四三）年が暮れた。母のいない正月をわたしがととのえた雑煮で祝った。そして二月。内地への出発の日が近くなる。連絡船は救命胴衣を着けて避難訓練をしつつ航行するのだ。撃沈されることもないだろう。が、その後往来できるかどうか。わたしは弟に手袋を編んだ。妹にべんとう袋を編んだ。

京釜線が金泉を通過する時間は真夜中だった。早朝に釜山に着く。危険なので連絡船は昼間十三時間かけて航行するのである。

「おねえちゃんがいなくても平気よ。心配しないでいいからね。ね、おねえちゃん」

女学校二年の妹が言ってくれた。

「ぼくもきっと大邱中学に合格するからね。手紙を交換しようね。ぼく書くから返事ちょうだい」

弟が言った。

わたしは父に、「おとうちゃんて言うの止して、おとうさんって言いたいけど、いい？」とたずねた。

「いいよ、おとうさまでもいいよ」

父が笑った。

わたしはいつまでもおとうちゃんと呼びたかった。が、呼べない思いが強くなる。さみしかった。

おばさんがわたしの荷物を提げて小暗い夜行列車の中まで乗って来た。客が眠っている。

「ありがとう、おばさん、もういいです」

おばさんが客をゆさぶる。

「ちょっと！　お嬢ちゃんが一人で内地に行くんですから席空けてください」

「いいって、おばさん」

灯が暗い。客の顔が見えない。

「いいことありません、坐れるんだから」

おばさんが座席に長くなっている客をまたゆすった。

「いいって。早く降りてよ」

「ちょっと！　このお嬢ちゃんがたった一人で内地に行かれますからね。よろしくお願いしますよ」

おばさんが荷物を網棚にあげ、やっと降りて行った。わたしは、じろりとこちらを見てすぐ窓にもたれて眠り出した客の横に坐った。いびきがあちこちから聞こえる。汽笛を鳴らし、ごとりとゆれて汽車が動いた。

余章

昭和四十三（一九六八）年の春、わたしは解放後の韓国を訪れた。初めての訪問だった。福岡空港から釜山《プサン》空港まで、朝鮮海峡をわずか二十五分で越える。飛び立つと間もなく釜山沿岸に散らばる島々が見え出し、高度を下げていく飛行機の窓から漁船が見え、漁船で働く人の姿も見分けがつくようになり、ああ韓国だと思っているわたしを乗せて、またたくまに空港に着いた。

降り立つと光がまばゆすぎた。思わず目を細めたが、ふいに、体がうめきつつ光を吸いこむのをきいた。湿気の多い日本では見ることのない透明感があふれている。一面に散乱しながら澄み透っている軽やかな光。この光なのだ、と、思い出してふるえている体のそばをすりぬけるようにして、わたしはすこし緊張して空港の建物に向かった。地平線まで澄みきっている大空のはしっこに、ポプラ並木がつっ立っているのが遠くに見えた。

慶州中高等学校の創立三十周年記念の式典に、亡父のかわりに招待されての旅だった。わたしは韓国を訪れて、日本人のいない大地に接したかったのだ。植民地朝鮮はどこまでいっても植民地朝鮮である。そこで生まれたわたしは、わたしが生まれる以前の、つまり侵略者の入り込む前の韓国が今に蘇生している姿に出会い、しっかりと見つめることで、わたしを招待してくださった関係者の心にこたえたいと思った。苦難の、憎しみの、死の、三十六年を体験した人びとが、さまざまな意見を調節して招待へ踏み切ってくれたものと思われた。そして、それらの底深く、どのような論理もとどかぬあたりで、悲しみが骨肉を分けた生き物のように通っているのを、わたしは自分のものとしてみつめている。共通の悲しみが今わたしをここへ運んだ。が、わたしは個人の追憶の旅へ出たわけではない……。

それどころではなかった。敗戦以来ずっと、いつの日かは訪問するにふさわしい日本人になっていたいと、そのことのために生きた。どうころんでも他民族を食い物にしてしまう弱肉強食の日本社会の体質がわたしにも流れていると感じられた。わたしはそのような日本ではない日本が欲しかった。そうではない日本人になりたかったし、その核を自分の中に見つけたかった。また他人の中に感じとりたかった。引揚げて十年を過ぎた頃、炭坑を知った。その町を見た。おずおずと炭坑町に住んで、権威と縁なく、都市や農漁村とも体質を異にし、男も女も働く日本人に接した。人びとは、はじけるように明るくて、地上の権力に意を注がなかった。それよりもおそろしい地下の暗黒とたたかっていたから。

「おてんとさまの恵のない、まっくらな地面の下はおそろしかばい。神さまでちゃ、地面の下に入っとる人間は見つけきらんばい。あたしゃ十三からまっくらな坑内に入った」

地下労働をした老女のことばには、彼女がさぐりあてた日本が感じられた。わたしはその心の後尾につくことで、生まれかわりたかった。

釜山空港に降り注ぐ光の下で、こおろぎのようにわたしはしばしばと目をしばたたく。やはりわたしはうしろめたい影を失っていない。

「和江さん、和江さん」

どこかで声がする。

それがわたしを呼ぶ声だと気づいた時、どきりとして乗客の中にかくれた。建物に入った時であった。わたしは炭坑町で文章を書いて生計を立てていたが、わたしの書くものは社会派と呼ばれて、それは韓国では禁じられた立場であるらしく、わたしは気にしていたのだ。近所に住んでいる在日朝鮮人の少女に彼ら民族固有の文字であるハングルの手ほどきを受け、九州大学に留学している韓国人にその読み書きを習ったりしていたが、留学生も南北分断の国内事情を語った。わたしは、わたしを招待してくれる人びとに迷惑がかかることだけをおそれていた。日本で生きてきた日々の、祖国探しのような月日が、わたしにとって贖罪や新生を求めるものであったとしても、韓国の人びとにとってそれがなんだというのだろう。わたしは観光目的の旅券をとると、釜山からまっすぐ慶州の旅館に入るつもりで誰にも搭乗機を知らせていなかった。

「和江さあん」

わたしは歩いて行く客の中から声の方をうかがった。出口らしい硝子の向こうに大勢の人びとがいた。背広姿や、白衣の民族服で。

ふいに、大きく手を振っている笑顔がとびこんで来た。歳月が一瞬に消えた。福岡女専受験のために勉強をしていた女学生の時に、わが家で会っていたその笑顔の主へ、

「あらまあ、どうなさったの、こんな所で」と、駈け寄った。

「あなた何してらっしゃるの、どうしたの」

わたしは大声を出した。

「いらっしゃい。よく来ましたね。元気でしたか」

「ええ……」

「どうしたの、迎えに来たんですよ」

「……」

わたしは錯乱している自分に気づいた。かつての日のわたしが瞬時踊り出てしゃべっていた。見返した笑顔はその当時の少年ではなく、中年になった韓国人の微笑だった。しずかに歳月が二人のあいだに降りた。

「この度は、ほんとに……」

わたしはふかぶかとおじぎをした。

「いいから早く手続きしていらっしゃいよ。荷物はそれだけ？　税関は向こうだよ」

見まわすと出迎えの人はほかにも数人もいた。みんな笑っていた。わたしはあわてて挨拶をし、なお混乱の余波がざわめくのを感じた。

旧朝鮮で暮らした日々よりも長い年月をすでにわたしは日本で送っていた。朝鮮海峡を連絡船で渡った日から二十余年が過ぎている。あの日、乗客の大半は兵隊だった。顎まである救命胴衣を着けて、船の細いブリッジを這い上がり、二月の海へデッキの上から飛び込む方法を訓練され、わたしは強そうな兵隊にくっついて動いた。他に女の子の客がいるとも思えなかった。兵隊たちは九州へ渡り、さらに南方へ送られる様子で黙々としていた。うねっている青黒い波の上を、きらりと、魚が跳ねた。

その海峡を明くる年の初秋には家族も引揚げて来た。金泉の町を、敗残の父たちが発つ時、荷造りの世話をし駅まで送ってくれた人びとの中に、釜山空港にわたしを迎えに来てくれた笑顔の主もいたことを、父から聞いていた。その長い歳月が横たわっているというのに、わたしは女学生のまま、あらまあどうなさったの、と、昨日小暗い夕暮れの道へ帰った人に思わぬ所で会ったと錯乱した。その一瞬の自分を、このくにの空に残っていた魂の火が、わたしを見つけてとびこんだ瞬間ででもあるかのように思った。

ほんとうに、日本での時間が長くなったのに、わたしにとって、なんとなじみのないわたし自身が生きていたことか。呼べど招けど戻ってくれない魂の火は、わたしを放り出したまま、この空のどこにいたのか。わたしは放り出された体と一緒に、敗戦後の日本を、心をふるい立たせふるい立たせながらじりじりと生きた。彷徨するわたしの心とは無縁に、混濁の日本の中に生まれ日本を母乳として育つ二人の子だけが、わたしの母のようだった。中学生と小学生に成長した娘と息子にわたしは頼んだ。韓国の慶州から、あなたたちのおじいちゃんのかわりに、ママにおいでくださいと言って来たの。行かせてほしいけど。お留守番をしていてくれるなら、ママは韓国をおたずねしたい。そしたら、きっと原稿も書ける人間になれると思うの。今のままだと、なんだか半分しか生きていない感じがするの。

いいよ、行っておいでよ、と子どもたちは言った。

韓国の野面を車がすいすい走る。村は何キロも離れてぽつぽつとあるので地平線までポプラ並木が続いているように見える。この明るいひろがりの野に空が降りこぼす光、それはこの大地の春だった。わたしの目もすこしずつ光になれた。

「校長先生はいつお亡くなりになったのですか」

出迎えの人びとの車に乗ってわたしはその日の宿へ向かうようだ。ぼくたちにまかせなさいよ、と彼らは言った。

「帰国して数年してからでした」

わたしは答えた。

「五十なかばでした」

「お若かったでしょう、まだ」

「どうしていらっしゃるかなあと思っていました。いつか日本のラジオ放送から和江さんの書いたドラマが聞こえて来ましたよ。あ、と思った。韓国人のことをドラマにしていたでしょう」

「聞こえましたの？」

「聞こえましたよ。じっと聞いたよ」

「ことばが足りませんでしたでしょう。対馬の端まで行ったら韓国が見えると聞いたんです。まだ旅行する人などいなかった頃だけど、無理に頼んで行ってみたら、あれを書きたくなって」

「韓国人が戦争にとられて、軍属か何かで死んで、残った日本人の女が自殺したドラマでしたね。ああ、と思って聞いた。やっぱり和江さんも傷ついていると思いました」

「ごめんなさい、うまく書けなかったの。韓国に聞こえるなんて、夢にも思わなかったわ」

「よく聞こえますよ。ほかの和江さんのドラマも聞きましたよ。それも韓国のことに関係していました」

わたしはだまった。

電波は海を渡り、くろぐろと残っているおのが残骸を消さんと、夜をさまよったか。

「ぼくは森崎校長先生の娘さんだもの、と思いました。スパルタ教育もいいとこだったけどな。でも、あの人、それだけでなかったから。

健ちゃんがご自分で亡くなられたというのは、ほんとうですか」

「はい。大学に在学中でした」

弟健一のことをすこし話した。

「父が亡くなって半年ほどしてでした。東京からひょっこり帰って来ました。わたしの結婚した家に。

ぼくにはふるさとがないって言いました。どこにも結びつかないって言いました。それは精神の故郷のことですけど。わたしも同じでしたから、いろいろ話しましたけど……。

敗戦後の日本は、自分で自分の骨を燃やして、その火がふるさとなのだと思うほかにない所でした。もうすこしがんばってみようって、そんなことしかわたしは言えなくて……」

車はポプラ並木が両側に続く道をまだ走る。すこし山が近くなっていた。わたしは弟の死について、韓国の知人に語るすべがない。が、その思いは、日本人に対しても同じであった。もし、通うことばがあったなら、彼も踏みとどまったろう。

「女はいいな。何もなくとも、子どもが産めるもの。大事に育てなさいね」

弟はわたしが乳をふくませている子を見ながらそう言った。

それは皮肉ではなかった。最後のよりどころのように、まだ論理もとどかず自由でもない女の性にすがりついて、そしてそこから日本というくにとの接点をみつけたいと思っていた。いたわるように、去りゆくように、そう言った弟の声を韓国を走る車の中で思い起こす。

あの頃わたしたちも多くの日本人と同じように、ただ食べることに時間を費していた。敗戦直後は食糧の配給は片手に一杯ほどのメリケン粉が一週間おきに渡される程度であったし、薪もマッチも塩もなかった。その調達に追われた。けれども米を求めに動きながら、実は食べることなどどうでもいいと思うほど、心は探し求めていた。どう生きていけばいいのかと。でも、彼はわたしよりも早く踏み出していた。

次の文章は福岡県の久留米市で暮らしながら明善高校一年に進学した弟が、その昭和二十三（一九四八）年の全九州青少年雄弁大会で話したものである。関係者の尽力で、死後四半世紀を経て、わたしの手元に戻った原稿であり、「九州弁論五十年」にも記載されている。「敗戦の得物」と題をつけていた。

「敗戦後、満三ケ年有余を経過したる今日、国民は漸く虚脱状態から脱却し、日本再建を目指し新しい運命の開拓に歩みを進めてゐるのであります。

思へば我国は敗戦によつて実に多くのものを失ひました。国土に於ては、千島、朝鮮、台湾を失ひ、又軍備の一切を放棄しました。殆んどすべての大型汽船も、又営々辛苦長年月かかつて開拓した海外の市場も失ひました。……諸君の中には、肉親の兄弟、懐しい父を戦場で失つた方はありませんか。焼夷弾や爆弾で家を焼かれた人はないでせうか」

弟は彼の宝物である石ころやゼンマイの切れはしを大事に持って引揚げて来ていた。わたしたち家族は父の郷里である福岡県の南、筑後の城島町浮島《じようじま》の伯父の家に身を寄せた。父の兄家族が住んでいて、わたしも学校の寮を出て、戦後の混乱期をここでやっかいになり、家族の帰るのを待っていた。そこは筑後川下流の、川べりの農村だった。人びとが大河《おおかわ》と愛称していた筑後川を、渡し舟で渡った静かな村だった。

「よう帰って来らしたのう」

父が帰郷すると、縁者をはじめ村の人びとが入れかわり立ちかわり寄っては、わたしら子どもにまで、なつかしげな声をかけてくれた。父はにこにこしていた。子どもであるわたしたちは方言が聞きとれないまま、落着きわるく坐っていたが、大河に注ぐ流れにも、流れに洗われる草々にも、心を憩わせるにはこの上もないようなやさしさがあった。しめりを含んだ日本の光線が、この村をも包んでいた。わたしは戦時中の動員先で結核に感染し、熱を出していた。村びとは帰国した父へ、村長の仕事をすすめに来た。幼なじみの情けであったろう。岸辺まで満々と満ちている大河に潮がのぼり、川舟が久留米市の方へのぼって行く。漁船もまた発動機の音を立てて川をのぼった。川は朝は乳色の靄にかすんだ。日が傾くと夕霧が立った。

このとろりとした風光の中で、人びとは共寝のふとんのような言挙げせぬ日々を持ち合っているかに思われた。が、わたしたちは心深く傷ついていた。植民地での人生に対する灼けつくような自問をかかえている。

わたしたちはしばらく休養をしてから、久留米市に移った。さつまいもの畠を耕すかたわら、父が慶州時代の生徒たちの名を書きとめていった。創氏改名をさせられた彼らの、本来の名を書き出すのだった。ところどころに空欄ができて日本名のまま残る。父は英国の憲法を翻訳しては大日本帝国憲法と対照し、天皇が神となった道程を国体と自分の中にたずね、占領下を寝ているわたしに言う。

「あの生徒たちは、ひとりでものを思っている時も日本語を使っているだろう」

わたしは大声をあげて泣き出した。父が目がしらをおさえた。わたしの泣き声はなかなかおさまらなかった。

「もう、よし」

父が叱った。

父はわたしをリヤカーに乗せ、保健所へ引いて行った。

昔のことを知ったのは、父も亡くなり、続いて弟が命を絶ち、そして数年後に父の兄である伯父も亡くなってのちの、家屋の名義変更の頃であった。伯父のつれあいである伯母が、庫次しゃんも、弟の実しゃんも、ほんにあたいにようしてくれなさった、と言って話した。

「庫次しゃんが、『あねさん、兄貴のことはぼくがよう言うてきかす。ぼくたち弟は力を揃えてあねさんを大切にしていくから、どうかこらえてくれ』って、なんべんも言わしたたい。ここのうちは田ん中も広かったけんの、年の暮れは倉にお百姓さんたちが運んで来らした米がいっぱい入っとった。けど、その田ん中も伯父さんは飲うでしもうた。芸者遊びせらすもん。庫次さんが大学卒業の時ゃ、とうとう家も他人のものになったたい。油工場も、佐賀県にあった田ん中も、なんもかんも、すっぱり女遊びに使うてしもうての。そっでも、やめらっさらん。うちにも帰って来んごとなったたい。

庫次さんがあたいに手紙ばよこしての、卒業したなら早速就職ばして、おっかさんとあねさんば食べさすけん、けっして、はやまったことをしてくれるな、て。この手紙も泣く泣く書きよる、兄貴を今見離したなら、どげなるかわからん。あねさんな、どんなにか切なかろう、ゆるしてくれ、て。一生ぼくが大切につかえるけんで、けっしてはやまった考えば起こすな、て。

庫次さんな、どげなふうに都合つけらしたとか、この家ば買い戻してくれて、自分の名義にしとくならばあねさんば路頭に迷わすこたなかろう、て、言うての。そしてから朝鮮さへ行かしゃったたい。あたいは庫次しゃんの死なしゃったとが一番きつかった」

そんな話し方で、父の植民地への渡海を語った。

「敗戦の得物」という新制高校一年の弟の弁論は次のように続いている。

「諸君、敗戦は斯く我々から奪ひ去つたばかりで何物も与へなかつたでありませうか。否、決してさうではありません。私共に数多くのものを与へてくれましたが、その最大の贈物は実に自由であります」

わたしは戦争中の学生寮にとどいた弟の手紙を思い出す。彼は大邱中学に進み、わたしが下宿していた家に下宿して、わたし宛に手紙を書き送った。ぼくは元気です。海軍に進むか航空隊にするか、近いうちに決定してまた手紙を書きますが、おねえちゃんならどちらを選びますか、と。それしか前方に途のない少年期であった。その手紙を書いて三年あまりになる頃、「敗戦の得物」である自由を語っているのだった。

「欧米の歴史をひもとく者の誰でも一様に深い感銘をうくることは、この自由の獲得のために如何に多くの犠牲が払はれたか、如何に多量の血が流されたかといふことであります。かの米国独立史を飾る第一回大陸会議に於けるパトリック・ヘンリーの、『我に自由を与へよ、然らずんば死を』といふ絶叫こそ、最も雄弁に、人間の自由へのあこがれが、如何に強烈深刻なものであるかを示すものであります。自由は生であり、不自由は実に死であります。これが西洋近代史に一貫した精神でありますが、この貴重なる自由が我々に与へられたのであります。私共の個人の尊厳は認められ、私共の精神、私共の身体は、何人と雖も侵害することはできません。この自由、この個人の権威こそ近代民主主義の根底をなすものであり、又近代文化の基礎をなすものであります。この自由が敗戦によつて我々のものとなつたのであります。

然らば抑々《そもそも》自由とは如何なるものでありませうか」

わたしと弟は五歳ちがいであった。弟にとって自由は戦後のことばであったのかとあらためて思う。「おれはクマソだ、健一来い」と言っていた父の、自由放任という言葉も、彼が小学校入学の頃はすでに禁句となっていた。わたしにとってそれは、戦時中の自分を屈折し続けながら支える、肉体の火の如きものであり、敗戦と同時に、挫折とも罪業ともつかぬ近代日本の暗部のように沈んだことばであったのだが。

父の死後、弟が言った。

「おとうさんは哲学者のような最期だったね。ぼくはなんだか気持ちが満たされてい

るよ。でも、ぼくよりもおねえちゃんはずっと深いところでおとうさんがわかってい
たね。うらやましかった」
「それは生まれた時代の差でしょ。健ちゃんだっておねえちゃんの年に生まれていた
ら、同じことだったと思うよ」
「そうかな、そうかも知れないね」
そんな話をしたが、それは敗戦とともに罪意識へ、父を、そしてわたしをおとしい
れたものであった。最後の砦のようにわたしたちが、朝鮮人の若者や少女とひそかに
保ち合おうとしたもの、個々の人間性への信頼やその固有な文化への個人的な愛は、
政治的侵略よりもなお深い。わたしはそのことを、弟にさえ話すことができなかった。
まっくらだった。もうすこしわたしにゆとりがあったなら、その時弟が感じていたこ
とに対して、もっと話ができていたろう。そして、彼の苦悩のそばで、ともに、空漠
とした時間に耐え合うことができたろう。
「ぼくはジャーナリストをこころざしたいんだ」
そう言ったのは、まだ高校生の頃であった。地元の新聞社でアルバイトをしていた。
「こんな日本で、よしなさいよ、そんなこと」
わたしは戦後の無節操な風潮が耐えがたくて、そう言った。

新制高校生の彼は自転車の荷台にわたしを乗せ、「なかなかいい所があるよ」と、久留米市郊外を三井《みい》郡の山麓へ走った。筑後川が田畠の遠くに蛇行していた。旧街道ふうの古い家が並んでいた。石垣の下を細い流れが走っていた。

「いい所でしょ。春になるとね、桜並木になる所もあったよ」

「走ってみたの」

「いくつも駅を通って行ってみたよ」

「この道にどんな思いが積もってるのかしらね」

「何を考えているのかな、このあたりの人は」

「お友達はどう？」

「外地から帰って来た中村八大っていいやつがいるよ。いつか連れて来ていい？」

「どうぞ」

彼の「敗戦の得物」は次のように展開している。

「抑々自由とは如何なるものでありませうか。自由は二つの方向から考へられます。即ち消極的には、他から束縛や拘束をされないこと。又積極的には、何事も自分で考へ、自分で判断し、自分で行動し得ること。これであります。……然しながら、斯く誰でも自分の思ふままに振舞ひ、言ひ度い事はシャベリ散らし、仕度い放題の事をすること、それが自由でありませうか。……

　諸君、我々の自由の根底には、実に大きな不動の、一つの条件があるのであります。即ち人と人との相互の信頼であります。お互ひに人は他を侵さない、他を傷つけない、他に迷惑をかけない、他人の幸福を脅やかさないといふ深い信頼があつて、始めて自由が認められるものであります。その信頼の程度は、その自由の高度に正比例するのであります」

　父もわたしも、植民地という他民族への侵害を、両民族の新時代への出発にしようと、その中での人権を求めんとしていたのだ。

　弟に自転車に乗せてもらって、熱っぽい体で散歩に出る時、わたしたちは幼い日の心の小径が今に続いているかに感ずる瞬間を持ち合った。悲しみを知らぬ昨日が明日に続いているかにみえた。

「健ちゃん、あなた好きな子ができるといいわねえ」

「そうだなあ」

「そしたらおねえちゃんのこと、紹介してね」

「おねえちゃんにはいないの」

「おねえちゃん？　おねえちゃんには日本人がわからないもの。みんなどこを向いてるのか、どこから歩いて来たのか」

「ぼくだって……」

妹は伯父の家から大川町の高校に通い、卒業して久留米市内の幼稚園に勤めはじめていた。わたしは弟と郊外を流れる筑後川の堤に腰を下ろした。なんとなく涙ぐんでしまうのは父を思ってであった。公職追放の父は頼まれて原稿を書き、その稿料で米の配給を受けていた。

弟は筑後川の水に向かって、突然、弁論をこころみた。

「諸君！　我々の自由は他を侵してはならないのであります。自分の我儘を通すために暴力に訴えたりするが如きは、自由の敵である。日本は、実に、堂々としてこれを行った過去を持つのであります。そうだ！　自由とは、かくあってはならない。自由の根底には、実に大きな、不動の一つの条件があるのであります。即ち人と人との相互の信頼であります。諸君！　祖国再建の第一歩は……」

彼も涙を流していた。夕風が冷たかった。わたしは芹を摘んだ。川水で根を洗った。数日前に父が、わたしを芹摘みにさそって、若い頃読んだというマルクスの話をした。世間にはストライキや政治活動がひろがっていた。占領軍がわたしの目にもふれていた。

わたしと出迎えの人びとを乗せた車は、韓国の静かな集落の中へ入って行った。ハングル文字の看板がかかっている。東萊《トンネ》だった。

「ここで今日はゆっくり休んでください。明日慶州へ案内しますよ。疲れたでしょう」

温突《オンドル》の部屋に通された。広間には明日の式典に招待されている二人の日本人の元教師と日本人卒業生の数人が来ていた。わたしの従兄も親しい韓国人に会えて、たのしげに談笑していた。ここは温泉地である。

一休みしたわたしたちは戸外を散歩した。教会の白い建物の近くに大小の漬物用のかめが沢山積んであった。赤ん坊を腰に負っている若い女が、水がめを頭に乗せて連れと話しながら歩いて来るのが心にしみた。子どもたちがコマをまわしている。町は鉄骨の建物を建設中だった。

出迎えの人びとも、そして明日会う人も、誰もみな韓国社会で活躍していた。政府の役人もいた。政治から去った人もいたし、大学教授も、詩人も、実業家もいる。そして、戦地でたたかった人もいた。

韓国の若い世代は彼たちを無思想な世代とみがちだという。

わたしは部屋に帰ると、居合わせた父の教え子に、父のことを手短かに話した。公職追放ののちに福岡県立浮羽東高校に勤務したが、在職中に病死した、と。

「和江さん、わたしらは会わねばならない間柄でしたよ」

彼は言った。

「わたしら民族にことわざがありますよ。仔牛が河向こうに渡った、というのです。すっかり消してしまうことを言います。

和江さん、あなたとわたしらとは、共通の仔牛を持っていますよ。それを河向こうに渡らせるには、あなたの力がわたしにいります。力を貸し合いたい、借り合いたい。それが明日はもう駄目になってもいいのです。またわたしらの後の誰かが、きっと、そう言いますよ」

第一回卒業生の一人は、そう日本語で、わたしに話したのだった。

あとがき

今年の正月に、わたしは毎日新聞の地方版に、「わが原郷」というタイトルの文章を書きました。それはこの本のあとがきにもふさわしいような、わたしの存在の根源にかかわるものでした。その中で、次のように自分のことを書いています。

かつて朝鮮半島を旅した日本人の書物を読んでみると、どれも一様に、朝鮮半島には何もない、と書いてある。「あるのはただハゲ山と貧しい藁屋根と色彩のない白い服をまとった人びとだけである」「ただ一面に荒寥《こうりよう》としていて白茶けた野面には花も野菜もない」――

そんなぐあいに書かれている。

わたしがものを書き出したのは昭和三十年代に入ってからだが、原体験である朝鮮――かつての植民地朝鮮――に、直接ふれ出したのは三十年代もなかばを過ぎてからだった。そしてそれは、原体験そのものにふれるというよりも、フィルターをかけた写真のように、敗戦を契機としてわたしの心がふりかえった植民地朝鮮であった。その心は、「なんにも知らずに好きになってしまった、おわびのしようもない生き方をしていた」というものであった。そして、それ以上のこと、つまり、あの大地で幾百年幾千年と生きついで来た人びとが、生まれ落ちるや否や感受したものに似通う質を、わたしもまたその風土から受けたことについては、これは安易に語ってはならないと、心に錠をおろし、それはひとえに、朝鮮民族が語ることなのだと、わたしはわたしの原像と別れたのである。

それは当然なことで、朝鮮の人びとと同じように赤ん坊であり、同じ自然条件にくるまってそれを感受し、自然の微妙な美しさに対する感性を共にしようとも、生活はおそろしいほどのへだたりがあったのだったから。けれども、わたしには、ことばや生活習慣や政治的な立場や民族意識などの、比較にならぬ距離がありながら、それでもなおその風土に対する共通の感情が、特定の朝鮮人や不特定の朝鮮人たちとのあいだに通っていたことへの信頼は、今に到っても消すことができない。「朝鮮には何もない」と、そう感受することが不可能な輝きが、わたしの感性につきまとっている。そして、わたしをとりまいていた朝鮮人のあの人この人の心と肉体にも、その輝きがあり、たとえば夕方の小道ですれちがう時に同じ情感を交わし合っていることを、幼い日のわたしは知っていた。

朝鮮語では母親のことをオモニという。わたしという子どもの心にうつっていた朝鮮は、オモニの世界だったろう。個人の家庭というものは広い世界の中に咲く花みたいなもので、世界は空や木や風のほかに、沢山の朝鮮人が生きて日本人とまじわっているところなのだと、そんなぐあいに感じていたわたしは、常々、見知らぬオモニたちに守られている思いがあった。つまり、それほどに、朝鮮の母たちの情感はごく自然に大地に息づいていた。わたしは行きずりのオモニから頭をなでられ、小銭をにぎらせようとされ、ことばもわからぬままかぶりを振って、まだ若かった母のきものの袖にかくれたものである。

うらみがましさのない風土。こういう表現はいかにも日本的である。しめりけのない大地。こういう表現も日本ふうである。

わたしの感性をつくりあげた質は、うらみやしめりけを貴いものとするよりも、精神の昇華のすべはもうすこし違ったほうが好ましいと感ずる伝統を持っていた。この頃は、ネクラとか、ネアカとかいう流行語が使われていて、わたしはほっとしているのだが、植民二世であったわたしからみると、日本人はネクラ好みである。そしてわたしは引揚げ以来、おまえさんは明るすぎると評されて弱ったものだが、朝鮮人のオモニの心は、大地を叩いて嘆き悲しみながらも、けっして、ネクラではなかった。

そして、今日この頃、ふっと思う。

北海道とか薩摩半島とかで、わたしはネクラとは異質な時間の流れを、その気象や地形と二重に感じとるのだが、それはしめりけがないということではなく、より深く遠くから、何かがありつづけて来た結果では、と思い返すのだ。

さて、そこには何があったのか。今は韓国や北朝鮮には何もないなどと表現する日本人はいないだろう。異質さの発見と承認も、わたしはオモニによって養われたのである。


以上のように書いたのでした。

今は地球上から消え果てましたが、なお、子々孫々にわたって否定すべき植民地主義と、そこでのわたしの日々を、この書物にまとめました。書くまでにかなりの月日を必要としました。書こうと心をきめたのは、ただただ、鬼の子ともいうべき日本人の子らを、人の子ゆえに否定せず守ってくれたオモニへの、ことばにならぬ想いによります。そうさせてくださった新潮社出版部の水藤節子さんに感謝しています。書いたあとのわたしの心を、また以前と同じ、言いようのない悲しみがおおっていますが、これはその時代の申し子の罰として避けられぬものと、あらためて知りました。非力ですので十分に伝えかねていると思いますが、無神経に暮らしていたわたしたち家族の日々を通して、その向こうに、ゆうぜんと生きつづけていたものの大きさを感じとっていただけるなら、と、願ってしまいます。

一九八四年一月十七日

森崎和江

解説

松井理恵

本書は、日本による植民地支配下の朝鮮で生まれ育った森崎和江（一九二七―二〇二二）が、進学のため一七歳で内地に渡るまでの暮らしを描いた作品である。父、庫次の転勤や自身の進学のため、大邱、慶州、金泉と居を移しながら、植民二世の少女が成長していく過程が描かれている。著者いわく、他の作品に比べて幅広い読者を得たこの作品を、初版からおよそ四〇年が経った現在どのように読めばいいのか。初版当時の社会背景を手がかりとして考えてみたい。

森崎は谷川雁、上野英信とならび『サークル村』運動の中心人物の一人として知られている。この運動は一九五〇年代後半から一九六〇年代にかけて、石炭から石油へのエネルギー移行に起因する合理化の渦中にあった筑豊の炭鉱町を中心として展開された文化運動である。また、同時期に女性同士の交流を通じて女たちの言葉を、そして思想を生み出そうとした先駆的なフェミニストとして、森崎の名が挙がることも多い。詩人であり、作家であった森崎は多くの作品を残したが、それらの作品の随所に植民地朝鮮で生まれ育った体験が刻まれている。言い換えるならば、彼女は植民二世の立場から近代日本と、その延長線にある敗戦後の日本社会を捉えつづけてきたのである。この点において、森崎が植民二世としてみずからの体験を綴った本書は森崎の他の作品を読み解くうえでも重要な位置を占める。

『慶州は母の呼び声』というタイトルには、朝鮮、なかでも慶州の風土と人びとに育まれて成長した森崎のさまざまな思いが込められている。慶州に移り住んだ森崎は、父と訪れた博物館で慶州に伝わる鐘の伝説を聞いた。幼女を人柱にたてて作られたその鐘の音色は、幼女が母を呼ぶ声に聞こえるという。また、子どもの名を呼んで夕食を知らせる朝鮮の母の声が慶州の野面を渡る、という夕暮れの描写がある。そして森崎にとって、慶州はみずからを育んでくれたと同時に母を亡くした忘れがたい地でもある。タイトルの母は森崎の母、愛子でもあり、朝鮮のオモニ（母）でもあろう。子を包み込む母、そしてオモニのイメージは、慶州が森崎にとっていかなる土地であったかを表している。

さて、本書には森崎一家の植民地朝鮮における暮らしのディテールが細やかに描かれている。韓国、もっと厳密にいえば、森崎が暮らした大邱、慶州、金泉に行ったことがない読者、あるいは韓国の文化にあまりなじみのない読者には、テキストの描写がなかなか想像できず、かえって読みづらいかもしれない。余談だが、『慶州は母の呼び声』の舞台の一つである大邱に住む人が、本書を読むと当時の様子が鮮やかに思い浮かぶと言うほど、森崎の描写は緻密である。では、なぜ森崎はここまでディテールにこだわってこの作品を書いたのだろうか。言い換えるならば、なぜ森崎は当時の植民者の生活、そしてその背後に広がっていた朝鮮の人びとの暮らしの中に息づく歴史や文化を細部にわたって次世代に伝えようとしたのだろうか。

『慶州は母の呼び声』が刊行される直前に書かれた「地球村のびっくり子ども」という文章を読むと、森崎は当時の日本社会の、植民地に対する認識の欠落に警鐘を鳴らしているのがわかる。引揚者はすべて戦争の被害者とされ、本書で描かれるような、内地人が朝鮮人を働かせて近代的で豊かな暮らしを営む植民地の現実は見過ごされていた。森崎は引揚者ではなく植民二世とみずからを称するが、その背景にはこういった社会的な状況があったのかもしれない。

また、「自分の世界史上での立場を客観できない」という点において、森崎は植民二世として植民地朝鮮に暮らしていた子どもの頃の自身と当時の日本の子どもたちを重ねている。本書が刊行された一九八四年、私は五歳だった。本書の中にも植民地を新興住宅地と重ねて描いた箇所があるが、私は埋立地に造成された新興住宅地に両親と三人で暮らしていた。日本は先進国で、社会は妙な明るさに包まれていた。発展途上国の人びとを搾取して先進国の豊かな生活が成り立つ構造において、自分がいかなる立場を占めるのか。幼い私は客観できなかった。日本の経済的繁栄がいつまでも続くように思えた。後に自分が就職氷河期世代やロスジェネ世代と呼ばれるとは予想だにしなかったのである。あらためて『慶州は母の呼び声』を読んで一九八〇年代に幼少期を送った自分を省みると、バブル崩壊後も無自覚に生きてきた自分に驚愕する。グローバル化が進み、社会に格差が広がる今日、はたして私たちは自分の世界史上での立場を客観できているのだろうか。

ところで、今日の若者世代が『慶州は母の呼び声』を読むと、作品に描かれた時代の「あたりまえ」に大きな違和感を覚えるのではないか。朝鮮半島が日本の一部だったこと。そこでは森崎と製糸工場で働いていた女の子のように、内地人か朝鮮人かによって生きる世界がまったく違ったこと。戦争は栄光であり、男の子はみな軍人を夢見たこと。森崎は意識的に、執筆当時にはあたりまえではないことがあたりまえだった時代を描いている。それはみずからを客観する営みであると同時に、あたりまえに埋もれて自分の暮らしを支える構造に気づかず、構造が崩壊するとそのあたりまえを生きた事実を忘れ、顧みることなく進んでいく社会のあり方に対する批判でもある。

一方で森崎は、このような植民者の生活だけでなく、その背後に広がっていた朝鮮の人びとが生きる世界を丁寧に描いている。かつて幼い森崎を包んでくれたオモニたちのぬくもり。古都慶州の素朴で、静かな遺跡の佇まい。人びとが交わす声まで聞こえてくるような、活気あふれる市場の様子。朝鮮の人びとや文化に触れた森崎の心の震えや躍動まで伝わってくるような描写である。朝鮮の衣食住は朝鮮語をカタカナで表現して、そこに日本語で説明を加えるかたちで細やかに描かれていて、朝鮮へと開かれている森崎の姿勢が読み取れる。森崎はあとがきで、オモニによって異質さの発見と承認を養われたと書いている。本書からは、植民二世である森崎が朝鮮の人びととはまったく異なる生活を送っていたにもかかわらず、彼らの暮らしの中に息づく歴史や文化を発見し、受け止めていたのがわかる。そして、このような異質さへの構えを養ってくれたのが、さまざまな関わりを通じて森崎を育ててくれたオモニたちだったのである。

森崎が本書を通じて次世代に伝えようとした植民者の生活と異質さへの構えは、今なお大切なことのように思われる。森崎は次のように書く。

平和に食べてゆける国でありたいと思い、そのために手段を選ばないのは昔も今もかわりはない。それでも常の日と戦争は違うというだろうし、私もそう思う。でも戦争に至る道は、一国が平和へ至る道と共通している。かつては野蛮であったから戦争が阻止できなかったというわけではないのである。それは、単眼で生きていて自国以外の立場に立つことを、生活の次元でも政策の上でも持つことがなかったからだ。その体質は敗戦ののちも変化がない。

森崎和江「地球村のびっくり子ども」より

いまや日本に生まれた人びとが世界中で暮らすのは、そうめずらしいことではなくなった。また日本にも、外国出身の人びとや外国にルーツをもつ人びとがたくさん暮らしている。本書は、グローバル時代において「単眼」ではなく、自国以外の立場に立てる人間として生きるためのヒントを与えてくれるのではないだろうか。

（まつい・りえ　社会学者、韓国語版『慶州は母の呼び声』共同翻訳者）

【出典】

作品本文

九八頁——「流浪の旅」作詞　後藤紫雲、宮島郁芳

一六二頁——「花かげ」作詞　大村主計

解説

二五七頁——森崎和江「地球村のびっくり子ども」（『森崎和江コレクション——精神史の旅5　回帰』藤原書店、二〇〇九年／初出『季刊三千里』一九八三年冬号より）

本作品は一九八四年に新潮社より単行本として刊行されました。本文庫の底本は、一九九一年刊行のちくま文庫『慶州は母の呼び声』収録「慶州は母の呼び声——わが原郷」とし、再編集を加えています。

本文中には、今日の人権意識に照らして不適切と考えられる語句や表現がありますが、時代的背景及び作品の文学的価値を鑑み、また著者が故人であることからそのままとしました。

わたしは驢馬に乗って下着をうりにゆきたい　鴨居羊子
新聞記者から下着デザイナーへ。斬新で夢のある下着を世に送り出し、下着ブームを巻き起こした女性起業家の悲喜こもごも。（近代ナリコ）

遠い朝の本たち　須賀敦子
一人の少女が成長する過程で出会い、愛しんだ文学作品の数々を、記憶に深く残る人びとの想い出とともに描くエッセイ。（末盛千枝子）

神も仏もありませぬ　佐野洋子
還暦……もう人生おりたかった。でも春のきざしの蕗の薹に感動する自分がいる。意味なく生きても人は幸せなのだ。第3回小林秀雄賞受賞。（長嶋康郎）

私はそうは思わない　佐野洋子
佐野洋子は過激だ。ふつうの人が思うようには思わない。大胆で意表をついたまっすぐな発言をする。だから読後が気持ちいい。（群ようこ）

色を奏でる　志村ふくみ・文　井上隆雄・写真
色と糸と織――それぞれに思いを深めて織り続ける染織家にして人間国宝の著者の、エッセイと鮮かな写真が織りなす豊醇な世界。オールカラー。

老いの楽しみ　沢村貞子
八十歳を過ぎ、女優引退を決めた著者が、日々の思いを綴る。齢にさからわず、「なみ」に、気楽に、と過ごす時間に楽しみを見出す。（山崎洋子）

おいしいおはなし　高峰秀子編
向田邦子、幸田文、山田風太郎……著名人23人の美味な思い出。文学や芸術にも造詣が深かった往年の大女優・高峰秀子が厳選した珠玉のアンソロジー。

パンツの面目ふんどしの沽券　米原万里
キリストの下着はパンツか腰巻か？　幼い日にめばえた疑問を手がかりに、人類史上の謎に挑んだ、抱腹絶倒&禁断のエッセイ。（井上章一）

新版　いっぱしの女　氷室冴子
時を経てなお生きる言葉のひとつひとつが、呼吸を楽にしてくれる――。大人気小説家・氷室冴子の名作エッセイ、待望の復刊！（町田そのこ）

真似のできない女たち　山崎まどか
彼女たちの真似はできない、しかし決して「他人」でもない。シンガー、作家、デザイナー、女優……唯一無二で炎のような女性たちの人生を追う。

異界を旅する能　安田登

「能」は、旅する「ワキ」と、幽霊や精霊である「シテ」の出会いから始まる。そして、リセットが鍵となる日本文化を解き明かす。（松岡正剛）

見えるものと観えないもの　横尾忠則

アートは異界への扉だ！　吉本ばなな、島田雅彦から黒澤明、淀川長治まで、現代を代表する十一人との、この世ならぬ超絶対談集。（和田誠）

ぼくなりの遊び方、行き方　横尾忠則

日本を代表する美術家の自伝。登場する人物、起こる出来事その全てが日本のカルチャー史！　壮大な物語はあらゆるフィクションを超える。（川村元気）

アンビエント・ドライヴァー　細野晴臣

はっぴいえんど、YMO……日本のポップシーンで様々な花を咲かせ続ける著者の進化し続ける自己省察。帯文＝小山田圭吾（テイ・トウワ）

skmt 坂本龍一とは誰か　坂本龍一＋後藤繁雄

坂本龍一は、何を感じ、どこへ向かっているのか？　独特編集者・後藤繁雄のインタビューにより、独創性の秘密にせまる。予見に満ちた思考の軌跡。

日本美術応援団　赤瀬川原平　山下裕二

雪舟の「天橋立図」凄いけどどこかヘン!?　光琳にはなくて宗達にはある〝乱暴力〟とは？　教養主義にとらわれない大胆不敵な美術鑑賞法‼

建築探偵の冒険・東京篇　藤森照信

街を歩きまわり、古い建物、変わった建物を発見し調査する〝東京建築探偵団〟の主唱者による、建築をめぐる不思議で面白い話の数々。（山下洋輔）

普段着の住宅術　中村好文

住む人の暮らしにしっくりとなじむ、居心地のよい住まいを一緒に考えよう。暮らす豊かさの滋味を味わう建築書の名著、大幅加筆の文庫で登場。

私の好きな曲　吉田秀和

永い間にわたり心の糧となり魂の慰藉となってきた、最も愛着の深い音楽作品について、その魅力を語る、限りない喜びにあふれる音楽評論。（保苅瑞穂）

世界の指揮者　吉田秀和

フルトヴェングラー、ヴァルター、カラヤン……演奏史上に輝く名指揮者28人に光をあて、音楽の特質と魅力を論じた名著の増補版。（二宮正之）

モチーフで読む美術史2　宮下規久朗

絵の中に描かれた代表的なテーマを手掛かりに美術を読み解く入門書、第二弾。壁画から襖絵まで和洋幅広いジャンルを網羅。カラー図版250点以上！

しぐさで読む美術史　宮下規久朗

西洋美術では、身振りや動作で意味や感情を伝える。古今東西の美術作品を「しぐさ」から解き明かす『モチーフで読む美術史』姉妹編。図版200点以上。

印象派という革命　木村泰司

モネ、ドガ、ルノワール。日本人に人気の印象派の絵は、美術史に革命をもたらした芸術運動だった！近代美術史の核心を一冊で学べる入門書。

既にそこにあるもの　大竹伸朗

画家、大竹伸朗「作品への得体の知れない衝動」を伝える20年間のエッセイ。文庫では新作を含む木版画、未発表エッセイ多数収録。（森山大道）

眼の冒険　松田行正

森羅万象の図像を整理し、文脈を超えてあらわれる象徴的な意味を読み解くことで、デザイン的思考の臨界に迫る。図版資料満載の美装文庫。（鷲田清一）

シャネル　山田登世子

最強の企業家、ガブリエル・シャネル。彼女のブランドと彼女の言葉は、抑圧された世界の女性を鮮やかに解き放った——その伝説を一冊に。（鹿島茂）

グレン・グールド　青柳いづみこ

20世紀をかけぬけた衝撃の演奏家の遺した謎をピアニストの視点で追い究め、ライヴ演奏にも着目、つねに斬新な魅惑と可能性に迫る。（小山実稚恵）

音楽放浪記　世界之巻　片山杜秀

クラシック音楽を深く愉しみたいなら、歴史的な脈絡をつけて聴くべし！　古典から現代音楽を整理し、音楽の本質に迫る圧倒的な音楽評論。（三浦雅士）

音楽放浪記　日本之巻　片山杜秀

山田耕筰、橋本國彦、伊福部昭、坂本龍一……。伝統と西洋近代の狭間で、日本の音楽家は何を考えたか？稀代の評論家による傑作音楽評論。（井上章一）

歌を探して　友部正人

詩的な言葉で高く評価されるミュージシャン自ら選んだベストエッセイ。最初の作品集から書き下ろしまで。帯文＝森山直太朗（谷川俊太郎）

茨木のり子集　言の葉（全3冊）　茨木のり子

しなやかに凛と生きた詩人の歩みの跡を、詩とエッセイで編んだ自選作品集。単行本未収録の作品なども収め、魅力の全貌をコンパクトに纏める。

一本の茎の上に　茨木のり子

「人間の顔は一本の茎の上に咲き出た一瞬の花である」表題作をはじめ、敬愛する山之口貘等について綴った香気漂うエッセイ集。（金裕鴻）

詩ってなんだろう　谷川俊太郎

谷川さんはどう考えているのだろう。その道筋にそって詩を集め、選び、配列し、詩とは何かを考えるおおもとを示しました。（華恵）

山頭火句集　種田山頭火　村上護編　小﨑侃・画

自選句集「草木塔」を中心に、その境涯を象徴する随筆も精選収録し、〝行乞流転〟の俳人の全容を伝える一巻選集！（村上護）

尾崎放哉全句集　村上護編

「咳をしても一人」などの感銘深い句で名高い自由律の俳人・放哉。放浪の旅の果て、小豆島で破滅型の人生を終えるまでの全句業。（村上護）

放哉と山頭火　渡辺利夫

エリートの道を転げ落ち、引きずる死の影を詩いあげる放哉。各地を歩いて生きて在ることの孤独と寂寥を詩う山頭火。アジア研究の碩学による省察の旅。

笑う子規　正岡子規＋天野祐吉＋南伸坊

「弘法は何と書きしぞ筆始」「猫老て鼠もとらず置火燵」。天野さんのユニークなコメント、南さんの豪快な絵を添えて贈る愉快な子規句集。（関川夏央）

絶滅寸前季語辞典　夏井いつき

「従兄煮」「蚊帳」「夜這星」「竈猫」……季節感が失われ、風習が廃れて消えていく季語たちに、新しい命を吹き込む読み物辞典。（茨木和生）

絶滅危急季語辞典　夏井いつき

「ぎぎ・ぐぐ」「われから」「子持花椰菜」「大根祝う」……消えゆく季語に新たな命を吹き込む読み物辞典。超絶季語続出の第二弾。（古谷徹）

詩歌の待ち伏せ　北村薫

〝本の達人〟による折々に出会った詩歌との出会いが生んだ名エッセイ。これまでに刊行されていた3冊を合本した〈決定版〉。（佐藤夕子）

すべてきみに宛てた手紙　長田弘

この世界を生きる唯一の「きみ」へ——人生のためのヒントが見つかる、39通のあたたかなメッセージ。傑作エッセイが待望の文庫化！（谷川俊太郎）

言葉なんかおぼえるんじゃなかった　田村隆一・語り　長薗安浩・文

戦後詩を切り拓き、常に詩の最前線で活躍し続けた伝説の詩人・田村隆一が若者に向けて送る珠玉のメッセージ。（穂村弘）

夜露死苦現代詩　都築響一

寝たきり老人の独語、死刑囚の俳句、エロサイトのコピー……誰も文学と思わないのに、一番僕たちをドキドキさせる言葉をめぐる旅。増補版。

えーえんとくちから　笹井宏之

風のように光のようにやさしく強く二十六年の生涯を駆け抜けた夭折の歌人・笹井宏之。そのベスト歌集が没後10年を機に待望の文庫化！（穂村弘）

先端で、さすわ　さされるわ　そらええわ　川上未映子

すべてはここから始まった——。デビュー作にして圧倒的文圧を誇る表題作を含む珠玉の七編。第14回中原中也賞を受賞した第一詩集がついに文庫化！

水　瓶　川上未映子

鎖骨の窪みの水瓶を捨てにいく少女を描いた長編詩「水瓶」を始め、より豊潤に尖鋭に広がる詩的宇宙。第43回高見順賞に輝く第二詩集、ついに文庫化！

春原さんのリコーダー　東直子

シンプルな言葉ながら一筋縄ではいかない独特な世界観の東直子デビュー歌集。刊行時の栞文や、花山周子による評論、川上弘美との対談も収録。

青　卵　東直子

現代歌人の新しい潮流となった東直子の第二歌集。花山周子の評論、穂村弘との特別対談により独自の感覚に充ちた作品の謎に迫る。

回転ドアは、順番に　穂村弘　東直子

ある春の日に出会い、そして別れるまで。気鋭の歌人ふたりが、見つめ合い呼吸をはかりつつ投げ合う、スリリングな恋愛問答歌。（金原瑞人）

適切な世界の適切ならざる私　文月悠光

中原中也賞、丸山豊記念現代詩賞を最年少の18歳で受賞し、21世紀の現代詩をリードする文月悠光の記念碑的第一詩集が待望の文庫化！（町屋良平）

ぼくは散歩と雑学がすき　植草甚一

1970年、遠かったアメリカ。その風俗、映画、本、音楽から政治までをフレッシュな感性と膨大な知識、貪欲な好奇心で描き出す代表エッセイ集。

せどり男爵数奇譚　梶山季之

せどり＝掘り出し物の古書を安く買って高く転売することを業とすること。古書の世界に魅入られた人々を描く傑作ミステリー。（永江朗）

20ヵ国語ペラペラ　種田輝豊

30歳で「20ヵ国語」をマスターした著者が外国語の習得ノウハウを惜しみなく開陳した語学の名著であり、心を動かす青春記。（黒田龍之助）

ポケットに外国語を　黒田龍之助

言葉への異常な愛情で、外国語本来の面白さを伝えるエッセイ集。ついでに外国語学習が、もっと楽しくなるヒントもつまっている。（堀江敏幸）

英単語記憶術　岩田一男

単語を構成する語源を捉えることで、語の成り立ちを理解することを説き、丸暗記では得られない体系的な英単語習得を提案する50年前の名著復刊。

増補版 誤植読本　高橋輝次編著

本と誤植は切っても切れない!? 恥ずかしい打ち明け話や、校正をめぐるあれこれなど、作家たちが本音を語り出す。作品42篇収録。（堀江敏幸）

文章読本さん江　斎藤美奈子

「文章読本」の歴史は長い。百年にわたり文豪から一介のライターまでが書き綴った、この「文章読本」とは何ものか。第1回小林秀雄賞受賞の傑作評論。

読書からはじまる　長田弘

自分のために、次世代のために――。「本を読む」意味をいまだからこそ考えたい。人間の世界への愛に溢れた珠玉の読書エッセイ！（池澤春菜）

本は読めないものだから心配するな　管啓次郎

この世界に存在する膨大な本をめぐる読書論であり、ブックガイドであり、世界を知るための案内書。読めば、心の天気が変わる。（柴崎友香）

「読み」の整理学　外山滋比古

読み方には、既知を読むアルファ（おかゆ）読みと、未知を読むベータ（スルメ）読みがある。リーディングの新しい地平を開く目からウロコの一冊。

現代語訳 文明論之概略　福澤諭吉　齋藤孝 訳

「文明」の本質と時代の課題を、鋭い知性で捉え、巧みな文体で説く。福澤諭吉の最高傑作にして近代日本を代表する重要著作が現代語でよみがえる。

それからの海舟　半藤一利

江戸城明け渡しの大仕事以後も旧幕臣の生活を支え、徳川家の名誉回復を果たすため新旧相撃つ明治を生き抜いた勝海舟の後半生。（阿川弘之）

戦う石橋湛山　半藤一利

日本が戦争へと傾斜していく昭和前期に、ひとり敢然と軍部を批判し続けたジャーナリスト石橋湛山。壮烈な言論戦を大新聞との対比で描いた傑作。

もうひとつの天皇家 伏見宮　浅見雅男

戦後に皇籍を離脱した11の宮家——その全ての源流となった「伏見宮家」とは一体どのような存在だったのか？ 天皇・皇室研究には必携の一冊。

幕末維新のこと　司馬遼太郎　関川夏央 編

「幕末」について司馬さんが考えて、書いて、語ったことの真髄を一冊に。小説以外の文章・対談・講演から、激動の時代をとらえた19篇を収録。

東條英機と天皇の時代　保阪正康

日本の現代史上、避けて通ることのできない存在である東條英機。軍人から戦争指導者へ、そして極東裁判に至る生涯を通して、昭和期日本の実像に迫る。

水木しげるのラバウル戦記　水木しげる

太平洋戦争の激戦地ラバウル。その戦闘に一兵卒として送り込まれ、九死に一生をえた作者が、体験が鮮明な時期に描いた絵物語風の戦記。

明治・大正・昭和 不良少女伝　平山亜佐子

すれっからしのバッド・ガールたちが、魔都・東京を跋扈する様子を生き生きと描く。自由を追い求めた近代少女の真実に迫った快列伝。（井上章一）

鬼の研究　馬場あき子

かつて都大路に出没した鬼たち、彼らはほろんでしまったのだろうか。日本の歴史の暗部に生滅した〈鬼〉の情念を独自の視点で捉える。（谷川健一）

武士の娘　杉本鉞子　大岩美代 訳

明治維新期に越後の家に生れ、厳格なしつけと礼儀作法を身につけた少女が開化期の息吹にふれて渡米、近代的女性となるまでの傑作自伝。

自分のなかに歴史をよむ　阿部謹也

キリスト教に彩られたヨーロッパ中世社会の研究で知られる著者が、その学問的来歴をたどり直すことを通して描く〈歴史学入門〉。（山内進）

世界史の誕生　岡田英弘

世界史はモンゴル帝国と共に始まった。東洋史と西洋史の垣根を超えた世界史を可能にした、中央ユーラシアの草原の民の活動。

サンカの民と被差別の世界　五木寛之

歴史の基層に埋もれた、忘れられた日本を掘り起こす。漂泊に生きた海の民・山の民。身分制で賤民とされた人々。彼らが現在に問いかけるものとは。

張形と江戸女　田中優子

江戸時代、張形は女たち自身が選び、楽しむものだった。江戸の大らかな性を春画から読み解く。図版追加。カラー口絵4頁。（白倉敬彦）

隣のアボリジニ　上橋菜穂子

大自然の中で生きるイメージとは裏腹に、町で暮らすアボリジニもたくさんいる。そんな「隣人」アボリジニの素顔をいきいきと描く。（池上彰）

奴隷のしつけ方　マルクス・シドニウス・ファルクス　ジェリー・トナー解説　橘明美訳

奴隷の買い方から反乱を抑える方法まで、古代ローマ貴族が現代人に向けて平易に解説。奴隷なくして回らない古代ローマの姿が見えてくる。（栗原康）

江戸衣装図絵 奥方と町娘たち　菊地ひと美

江戸二六〇年の間、変わり続けた女たちのファッション。着物の模様、帯の結び、髪形、装身具など、その流行の変遷をカラーイラストで紹介する。

江戸衣装図絵 武士と町人　菊地ひと美

江戸の男たちの衣装は仕事着として発達した。やがて、遊び心や洒落心から様々なスタイルが生まれた。そのすべてをカラーイラストで紹介する。

幕末単身赴任 下級武士の食日記 増補版　青木直己

きな臭い世情なんてなんのその、単身赴任でやってきた勤番侍が幕末江戸の〈食〉を大満喫！ 残された日記から当時の江戸のグルメと観光を紙上再現。

その後の慶喜　家近良樹

幕府瓦解から大正まで、若くして歴史の表舞台から姿を消した最後の将軍の〝長い余生〟を近しい人間の記録を元に明らかにする。（門井慶喜）

禅 鈴木大拙／工藤澄子訳
禅とは何か。また禅の現代的意義とは？ 世界的な関心の中で見なおされる禅について、その真諦を解き明かす。（秋月龍珉）

タオ――老子 加島祥造
さりげない詩句で語られる宇宙の神秘と人間の生きるべき大道とは？ 時空を超えて新たに甦る『老子道徳経』全81章の全訳創造詩。待望の文庫版！

荘子と遊ぶ 玄侑宗久
『荘子』はすこぶる面白い。読んでいると「常識」という桎梏から解放される。魅力的な言語世界を味わいながら、現代的な解釈を試みる。（ドリアン助川）

つぎはぎ仏教入門 呉智英
知ってるようで知らない仏教の、その歴史から思想的な核心までを、この上なく明快に説く。現代人のための最良の入門書。二篇の補論を新たに収録！

現代人の論語 呉智英
革命軍に参加⁉ 王妃と不倫⁉ 孔子とはいったい何者なのか？ 論語を読み抜くことで浮かび上がる孔子の実像。現代人のための論語入門・決定版！

日本異界絵巻 小松和彦／宮田登／鎌田東二／南伸坊
役小角、安倍晴明、酒呑童子、後醍醐天皇ら、妖怪変化、異界人たちの列伝。魑魅魍魎が跳梁跋扈する闇の世界へようこそ。挿画、異界用語集付き。

仏教百話 増谷文雄
仏教の根本精神を究めるには、ブッダに帰らねばならない。ブッダ生涯の言行を一話完結形式で、わかりやすく説いた入門書。

武道的思考 内田樹
「いのちがけ」の事態を想定し、心身の感知能力を高める技法である武道には叡智が満ちている！ 気持ちがシャキッとなる達見の武道論。（安田登）

仁義なきキリスト教史 架神恭介
イエスの活動、パウロの伝道から、叙任権闘争、十字軍、宗教改革まで――。キリスト教二千年の歴史が果てなきやくざ抗争史として蘇る！（石川明人）

よいこの君主論 架神恭介／辰巳一世
戦略論の古典的名著、マキャベリの『君主論』が、小学校のクラス制覇を題材に楽しく学べます。学校、職場、国家の覇権争いに最適のマニュアル。

生き延びるためのラカン　斎藤環

幻想と現実が接近しているこの世界で、できるだけリアルに生き延びるためのラカン解説書にして精神分析入門書。カバー絵・荒木飛呂彦　（中島義道）

人生を〈半分〉降りる　中島義道

哲学的に生きるには〈半隠遁〉というスタイルを貫くしかない。「清貧」とは異なるその意味と方法を、自身の体験を素材に解き明かす。　（中野翠）

私の幸福論　福田恆存

この世は不平等だ。何と言おうと！　しかしあなたは幸福にならなければ……。平易な言葉で生きることの意味を説く刺激的な書。　（中野翠）

ちぐはぐな身体《からだ》　鷲田清一

ファッションは、だらしなく着くずすことから始まる。中高生の制服の着崩し、コムデギャルソン、刺青等から身体論を語る。　（永江朗）

エーゲ　永遠回帰の海　立花隆

ギリシャ・ローマ文明の核心部を旅し、人類の思考の普遍性に立って、西欧文明がおこなった精神の活動を再構築する思索旅行記。カラー写真満載。

独学のすすめ　加藤秀俊

教育の混迷と意欲の喪失には出口が見えないが、IT技術は「独学」の可能性を広げている。「やる気」という視点から教育の原点に迫る。　（竹内洋）

レトリックと詭弁　香西秀信

「沈黙を強いる問い」「論点のすり替え」など、議論に仕掛けられた巧妙な罠に陥ることなく、詐術に打ち勝つ方法を伝授する。

希望格差社会　山田昌弘

職業・家庭・教育の全てが二極化し、「努力は報われない」と感じた人々から希望が消えるリスク社会日本。「格差社会」論はここから始まった！

ことばが劈《ひら》かれるとき　竹内敏晴

ことばとこえとからだと、それは自分と世界との境界線だ。幼時に耳を病んだ著者が、いかにことばを回復し、自分をとり戻したか。

現人神の創作者たち（上・下）　山本七平

日本を破滅の戦争に引きずり込んだ呪縛の正体とは何か。幕府の正統性を証明しようとして、逆に「尊皇思想」が成立する過程を描く。　（山本良樹）

ちくま文庫

新版《しんぱん》　慶州《けいしゅう》は母《はは》の呼《よ》び声《ごえ》——わが原郷

二〇二三年十一月十日　第一刷発行

著　者　森崎和江（もりさき・かずえ）
発行者　喜入冬子
発行所　株式会社　筑摩書房
東京都台東区蔵前二―五―三　〒一一一―八七五五
電話番号　〇三―五六八七―二六〇一（代表）
装幀者　安野光雅
印刷所　中央精版印刷株式会社
製本所　中央精版印刷株式会社

ISBN978-4-480-43919-2　C0195